# DESTINATI PER SEMPRE

IL MIO TORMENTATORE: LIBRI 3 & 4

ANNA ZAIRES

♠ MOZAIKA PUBLICATIONS ♠

Copyright © 2020 Anna Zaires e Dima Zales
www.annazaires.com/book-series/italiano/

Traduzione italiana: Martina Stefani

Pubblicato da Mozaika Publications, stampato da Mozaika LLC.
www.mozaikallc.com/

Copertina di Najla Qamber Designs
www.najlaqamberdesigns.com

ISBN-13: 978-1-63142-562-2
Print ISBN: 978-1-63142-563-9

IL MIO DESTINO

IL MIO TORMENTATORE: LIBRO 3

PARTE I

S*ara*

DELLE LABBRA CALDE PREMONO SULLA MIA GUANCIA, CON UN bacio dolce e tenero, anche se la barba di un giorno mi graffia la mascella.

"Svegliati, ptichka" mormora una voce con un familiare accento, quando borbotto assonnata e affondo la testa nel cuscino. "È ora di andare."

"Hmm-mm." Tengo gli occhi chiusi, riluttante a lasciare andare il mio sogno. Per una volta, è stato piacevole, c'erano un lago soleggiato, un paio di cani vivaci e Peter che giocava a scacchi con mio padre. I dettagli stanno già svanendo dalla mia mente, ma la luce, la sensazione di euforia rimane, anche se la realtà, insieme all'amara consapevolezza dell'impossibilità del sogno, si sta insinuando.

"Andiamo, amore mio." Dà un delicato bacio sulla parte inferiore e sensibile del mio orecchio, provocandomi piacevoli brividi. "L'aereo sta aspettando. Puoi dormire sulla strada di casa."

Il residuo del sogno svanisce, e mi rotolo sulla schiena, reprimendo una smorfia per il persistente dolore alla spalla sinistra, mentre apro gli occhi per incrociare il caldo sguardo argenteo del mio rapitore. Incombe su di me, con un sorriso tenero che gli curva le labbra scolpite, e per un momento la leggerezza dell'euforia si intensifica.

Siamo vivi, ed è qui con me. Posso toccarlo, baciarlo, sentirlo. Il suo viso è più magro di prima, scavato dallo stress e dalla privazione del sonno, ma la perdita di peso ne evidenzia la cruda bellezza maschile, accentuando quegli zigomi esoticamente angolati e risaltando la linea dura della mascella.

È stupendo, questo assassino che mi ama.

L'assassino di mio marito, che non mi libererà mai.

Mi si irrigidisce il petto, con la gioia contaminata dalla familiare stretta del disprezzo per me stessa e del senso di colpa. Forse arriverà un giorno in cui non mi sentirò così in conflitto, così tormentata dal bisogno che l'uomo mi guardi come se fossi il suo cuore, ma per ora, non posso dimenticare quello che è e ciò che ha fatto.

Non posso lasciar andare la vergogna di sapere che mi sto innamorando del mio tormentatore.

Il sorriso di Peter si affievolisce, e mi rendo conto che percepisce i miei pensieri, che legge il senso di colpa e la tensione sul mio viso. Nelle ultime due settimane, da quando mi sono svegliata qui nella clinica, ho evitato di pensare al futuro e di soffermarmi su ciò che ha portato all'incidente. Avevo troppo bisogno di Peter per allontanarlo, e lui aveva bisogno di me. Stamattina, però, torneremo nel suo rifugio in Giappone, e non posso più nascondere la testa nella sabbia.

Non posso fingere che l'uomo a cui sono aggrappata come se fosse la mia ancora di salvezza non abbia intenzione di tenermi prigioniera per il resto della vita.

"No, Sara." La sua voce è profonda e dolce, anche se l'argento caldo dello sguardo si trasforma in gelido acciaio. "Non pensarci."

Sbatto le palpebre e addolcisco l'espressione. Ha ragione: non è il momento giusto. Sostenendomi sul gomito destro, dico con tono uniforme: "Dovrei vestirmi. Se puoi scusarmi..."

Si raddrizza, concedendomi lo spazio per mettermi seduta. Grata per la vestaglia ospedaliera, scendo giù dal letto e mi affretto ad andare al bagno, prima che cambi idea e decida di discutere, dopotutto. Abbiamo bisogno di parlare di quello che è successo—lo scontro è atteso da tempo, in realtà—ma non sono pronta per questo. Nelle ultime due settimane, siamo stati più vicini che mai e non voglio rinunciare a quello che abbiamo.

Non voglio tornare a vedere Peter come il mio avversario.

Mentre lavo i denti, studio la cicatrice diagonale sulla mia fronte, dove un frammento di vetro ha lasciato uno squarcio lungo. I chirurghi plastici della clinica hanno fatto un buon lavoro sistemando quello che poteva essere un segno sfigurante, e senza i punti la cicatrice sembra già meno spaventosa. Tra poche settimane, sarà una sottile linea bianca, e tra un paio di anni, potrebbe essere completamente svanita, come i deboli lividi che ancora segnano il mio volto.

Quando il bambino che Peter vuole costringermi ad avere sarà abbastanza grande da notarla e fare domande, non ci dovrebbero essere tracce del mio disastroso tentativo di fuga.

Il mio respiro si blocca a quel pensiero, e premo la mano sullo stomaco, contando i giorni con crescente terrore. Sono passate due settimane e mezzo da quando abbiamo avuto rapporti sessuali non protetti durante una finestra potenzialmente fertile, il che significa che il mio ciclo sarebbe dovuto iniziare qualche giorno fa. Tra gli interventi chirurgici e i farmaci, non ho prestato molta attenzione al calendario, ma ora che faccio i conti, realizzo che è in ritardo. Non così in ritardo da dover entrare in modalità panico totale, ma abbastanza in ritardo da essere seriamente preoccupata.

Potrei essere già incinta.

Il mio primo impulso è quello di correre fuori, trovare l'infermiera più vicina, e chiedere un'analisi del sangue. Sono sicura che abbiano fatto un test di gravidanza due settimane fa, quando sono stata portata in clinica dopo l'incidente, ma le prime tracce di hCG nel flusso sanguigno appaiono solo sette-dodici giorni dopo il concepimento. Indubbiamente sono risultata negativa, e non hanno avuto motivo di ripetere il test.

A parte il fatto che il mio ciclo è in ritardo.

Sto già cercando la maniglia della porta, quando mi fermo. Non appena farò quell'analisi del sangue, Peter lo verrà a sapere. Avrà accesso ai risultati prima di me, e qualcosa dentro di me indietreggia al solo pensiero. Non ho avuto scelta, nessun controllo su nulla nella nostra relazione fino ad ora, e ho bisogno di sentire di averlo, anche se solo per questa volta.

Se c'è un bambino, sta crescendo nel *mio* corpo, e voglio essere io a decidere quando condividere le notizie.

Non è una decisione razionale, lo so. Peter non è stupido. Può anche contare i giorni. Se non ha realizzato che il mio ciclo è ancora in ritardo, lo farà presto, e poi capirà di aver vinto, che nel bene o nel male, siamo legati insieme dal fascio di cellule che forse stanno già crescendo dentro di me.

Dal bambino che nascerà da un assassino ricercato dalle autorità di tutto il mondo e dalla prigioniera oggetto della sua ossessione.

Il mio occhio sinistro inizia a palpitare dolorosamente, con il mal di testa improvviso e implacabile. Non posso più evitare di pensare al futuro, non posso permettermi di prendere ogni giorno come viene e sperare per il meglio.

Devo proteggere questo bambino, ma non so come farlo.

Non posso scappare, e Peter non mi libererà mai.

2

Sara è insolitamente silenziosa, mentre lasciamo la clinica, con le esili dita fredde nella mia stretta, e capisco che si sta nuovamente concentrando sui dubbi che ha su di noi, con la mente iperattiva che analizza tutte le ragioni per cui ciò che stiamo facendo è sbagliato e non può funzionare.

Vorrei poterla rassicurare, spiegarle la mia nuova idea e dirle che ha solo bisogno di essere paziente, ma non voglio fare promesse che potrei non essere in grado di mantenere. Ci sono così tanti strati nel mio piano, così tante parti in movimento, che le probabilità di fallimento sono maggiori di quelle di successo.

Se accetto l'offerta da cento milioni di dollari di Danilo Novak per eliminare Julian Esguerra, io e la mia squadra avremo a che fare con l'uomo più pericoloso che conosca.

In circostanze diverse, non prenderei nemmeno in

considerazione l'idea. Esguerra ha giurato di uccidermi per aver messo in pericolo la moglie al fine di salvarlo, ma prima di ciò ho passato un anno a lavorare per lui come consulente di sicurezza per ottenere la lista delle persone coinvolte nel massacro della mia famiglia. Conosco il trafficante d'armi colombiano; ho visto quanto sia violento e senza pietà. La sua organizzazione ha spazzato via uno dei gruppi terroristici più letali della storia, e ha fatto cose indicibilmente crudeli ad altri nemici. Con la sua enorme ricchezza ed i contatti nei governi di tutto il mondo, Esguerra è praticamente intoccabile, con la tenuta nella giungla amazzonica che è l'equivalente di una fortezza militare. Ed è per questo che Novak mi ha offerto tutto quel denaro: perché nessun uomo sano di mente sfiderebbe qualcuno così potente e spietato.

L'unica ragione per cui sto pensando di attuare il mio piano è Sara.

Devo farmi perdonare per l'incidente che l'ha quasi uccisa.

Devo fare tutto il necessario per darle la vita che merita.

ANTON È GIÀ SULL'AEREO, QUANDO IO E I GEMELLI SALIAMO CON Sara, e non appena la assicuro al sedile, decolliamo. È un volo di quattordici ore per il Giappone, quindi una volta in volo, rimuovo le scarpe da ginnastica di Sara e l'avvolgo con una coperta, sperando che possa sentirsi a proprio agio e fare un pisolino.

Io stesso non ho dormito molto dopo l'incidente, ma voglio che riposi e guarisca.

Mi guarda con i suoi occhi color nocciola, mentre raggiungo il portatile e chiedo: "Hai fame, amore mio?"

Abbiamo fatto colazione prima di lasciare la clinica, ma ha mangiato poco, così ho portato dei panini extra per il volo.

Scuote la testa. "Sto bene, grazie." La sua voce è melodiosa e un po' roca—una voce da cantante, ho sempre pensato. Vorrei ascoltarla per sempre, sia che parli, sia che canti una delle canzoni pop che ama. Soprattutto, però, voglio sentirle cantare una ninna nanna al nostro bambino, in modo che sappia di essere al sicuro e amato.

Mi sforzo di allontanare quell'idilliaca immagine. Non posso pensare a creare una famiglia con Sara ora... non quando ho un compito così pericoloso davanti a me.

È solo un bene che Sara non sia incinta, e finché non avremo superato questi guai, mi assicurerò che non lo sia.

3

*P*eter

"CHE COS'HAI FATTO?"

Anton mi fissa come se avessi perso la testa, con la mascella barbuta abbassata per lo shock. Come me, i ragazzi si sono alzati presto nonostante il nostro ritardo della scorsa notte, così ho pensato di parlare con loro della prossima missione prima che Sara si svegliasse.

"Ho programmato un incontro con Novak" ripeto, rompendo un uovo in una scodella, prima di versare un po' di latte. "Andremo a Belgrado a metà dicembre. Il bastardo serbo è troppo paranoico, ha detto che comunicherà i dettagli di qualsiasi risorsa abbia nell'organizzazione di Esguerra solo di persona, non tramite e-mail o telefono."

Yan si appoggia a un tavolo vicino, con gli occhi verdi freddamente divertiti, mentre incrocia le gambe alle caviglie. "Perché a metà dicembre? È solo l'inizio di novembre."

Mi stringo nelle spalle. "Non abbiamo fretta, e nemmeno lui." Quest'ultima parte non è vera, in realtà. Novak voleva incontrarci la prossima settimana, ma ho rimandato al mese prossimo. Una volta in ballo, dovremo ballare, e non mi sento pronto.

Voglio—no, *ho bisogno* di—passare del tempo con Sara, prima di procedere con questa missione. Inoltre, i nostri hacker sono alle calcagna di Wally Henderson e potrebbero scoprire presto un'altra pista. È l'ultimo nome sulla mia lista, e di gran lunga il più elusivo. È anche il generale responsabile dell'operazione Daryevo—cosa che lo rende la persona più direttamente responsabile del massacro di mia moglie e mio figlio. Se non fosse stato per l'incidente di Sara, forse l'avremmo catturato in Nuova Zelanda, quando la foto di sua moglie è apparsa su Instagram, pubblicata dall'incolpevole proprietario di un'enoteca orgoglioso della propria clientela. Tuttavia, quando abbiamo deviato verso la clinica svizzera e mi sono ripreso abbastanza da poter mandare i miei uomini a catturare Henderson, era scomparso di nuovo. Solo che questa volta le sue tracce sono fresche, e i nostri hacker sanno dove cercare.

Troveremo Walter Henderson III e, quando lo faremo, strapperò le membra di quel *sookin syn* con le mie mani.

Ilya aggrotta le sopracciglia, con i tatuaggi sul cranio che scintillano alla luce del mattino, mentre si siede su uno sgabello. "Ne sei sicuro, amico? Cento milioni sono *tanti*, ma stiamo parlando di Esguerra. Sarà coinvolto anche Kent, e..."

"Fanculo a Kent." Rompo un altro uovo così duramente che schizza fuori dalla scodella. "Quel bastardo se lo merita, visto il modo in cui ha rovinato tutto con Sara."

"Ma Esguerra?" chiede Anton, riprendendosi dallo shock. "Il tizio ha un piccolo esercito sul suo libro paga, e quella tenuta nella giungla—tu stesso hai detto che è impenetrabile. Come cazzo possiamo—"

"Ecco perché ci incontriamo con Novak, per scoprire qual è

il suo asso nella manica." Sto iniziando a perdere la pazienza. "Non sono un fottuto suicida; lo faremo solo se potremo uscirne vivi."

"Davvero?" Yan attraversa la cucina e si siede su uno sgabello accanto al fratello. "Ne sei sicuro? Perché Sara è rimasta ferita, sotto la custodia di Kent."

La sua voce è soffice come la seta, ma riconosco una sfida quando ne sento una.

Mantenendo l'espressione calma, cammino verso il lavandino ed elimino ogni traccia di uova dalle mani. Anton, che mi conosce meglio di tutti, prudentemente si allontana, ma i gemelli Ivanov non si spostano, guardandomi come se niente fosse, mentre cammino distrattamente e mi avvicino a Yan.

"E così, pensi che io stia ragionando con il cazzo?" La dolcezza della mia voce corrisponde alla sua. "Pensi che sia disposto a farci uccidere tutti per punire Kent per aver causato l'incidente di Sara?"

Yan si gira sullo sgabello per guardarmi in faccia. "Non lo so." La sua espressione è leggermente divertita, ma lo sguardo è freddo e acuto. "È così?"

Piego le labbra in un sorriso cupo, mentre chiudo la mano destra intorno al coltello a serramanico nella tasca. "E se fosse così?"

Yan sostiene il mio sguardo per alcuni secondi tesi, mentre l'aria nella stanza si appesantisce per la sfida. Mi piace Yan, ma non posso tollerare questa insubordinazione. Sapeva a cosa sarebbe andato incontro, unendosi a questa squadra, era pienamente consapevole del fatto che per partecipare alla redditizia attività che stavo costruendo avrebbe dovuto aiutarmi con la mia agenda personale. Era quello il nostro accordo, e ho intenzione di attenermi ad esso, anche se ora è Sara a motivare le mie azioni, invece di mia moglie e mio figlio morti.

"Yan." La voce di Ilya è calma, mentre si alza in piedi e

appoggia una massiccia mano sulla spalla del fratello. "Peter sa cosa sta facendo."

Yan rimane in silenzio per un altro istante, poi inclina la testa con un sorriso duro. "Sì, ne sono certo. È il *capo*, dopotutto."

Le sue parole sono concilianti, ma non mi lascio ingannare. Dovrò essere estremamente attento in questa missione.

Yan potrebbe facilmente diventare una complicazione.

4

Sara

MENTRE NOI CINQUE FACCIAMO COLAZIONE, NON POSSO FARE A meno di notare la tensione al tavolo. Non so se sia successo qualcosa prima che scendessi giù, o se stiano tutti subendo le conseguenze del jet-lag come me, ma il facile cameratismo che ho osservato tra Peter e i suoi uomini non sembra essere presente stamattina.

Invece di scherzare e intrattenermi con aneddoti sulla Russia, i compagni di squadra di Peter divorano le frittate in silenzio e si allontanano rapidamente, con Anton che prende l'elicottero per andare a fare rifornimento, e i gemelli che si dirigono fuori per una sessione di allenamento nei boschi.

"Che cosa sta succedendo?" chiedo a Peter, quando siamo gli unici rimasti in cucina. "Avete litigato o qualcosa del genere?"

"Qualcosa del genere." Si alza per togliere i piatti vuoti.

"Diciamo solo che non tutti sono d'accordo con la linea d'azione che ho scelto."

"Quale linea d'azione?"

"Sto pensando di accettare un'altra offerta di lavoro—una particolarmente redditizia."

Aggrotto la fronte e mi alzo per aiutarlo a sistemare i piatti nella lavastoviglie. "È pericoloso?"

Il suo sorriso non mostra alcun accenno di umorismo. "La nostra vita è tutta un pericolo, ptichka. Il lavoro che facciamo è solo una parte di quello."

"Allora, perché i ragazzi si stanno lamentando?" Poggio il piatto che stavo sciacquando e affronto Peter, asciugandomi le mani su un canovaccio. "Si tratta di qualcosa di peggiore delle vostre solite esibizioni da *Mission Impossible*?"

Il suo sguardo d'acciaio si scalda davanti al mio tono preoccupato. "Non è nulla di cui ti debba preoccupare, amore mio—almeno non subito. Non incontreremo nemmeno il potenziale cliente fino a metà dicembre, e quell'incontro deciderà se accetteremo questo lavoro o meno."

"Oh." La mia preoccupazione si attenua leggermente, contornata dalla crescente curiosità. "Incontrerete questo cliente di persona?" Al cenno con la testa di Peter, chiedo: "Perché? Normalmente non lo fate, vero?"

"No, ma questa volta faremo un'eccezione." Non sembra incline ad approfondire, e decido di non insistere per ora. Metà dicembre è tra diverse settimane, e mi dirà quando sarà pronto —probabilmente quando non avrà appena discusso con i compagni di squadra.

Finiamo di pulire in un amichevole silenzio, e mi meraviglio di quanto tutto ciò sembri naturale: fare colazione con Peter e i suoi uomini, lavare i piatti, parlare del suo lavoro. Non importa che siamo sul picco di una montagna inaccessibile del Giappone con un metro di neve che ricopre già il terreno o che il lavoro in questione sia un sanguinoso omicidio. Il periodo trascorso lontano da qui—i giorni trascorsi a Cipro con i Kent, seguiti dalla permanenza di due settimane presso la clinica svizzera—sta già cominciando a sembrarmi un brutto ricordo, uno spaventoso intervallo in questa mia nuova vita.

Una vita che sta diventando più comoda e reale ogni giorno che passo qui, in questo luogo estraneo che sto iniziando a considerare la mia casa.

Aspetto il doloroso morso del disprezzo per me stessa e del senso di colpa, ma tutto ciò che provo è una sorta di rassegnazione. Sono stanca di combattere me stessa e questi sentimenti confusi, stanca di resistere e fingere che l'uomo che mi osserva con quegli occhi metallici non sia altro che il mio rapitore—che non mi sia aggrappata a lui nella clinica come un piccolo koala alla mamma. Quando mi sono svegliata questa mattina, da sola in un letto vuoto, volevo piangere—e questo non aveva niente a che fare con il ritardo del ciclo.

Scaccio quel pensiero, prima che ricominci ad entrare nel panico. Sì, ora è in ritardo di diversi giorni, ma ci sono altre possibili spiegazioni per questo. Lo stress, ad esempio, sia fisico che psicologico. Senza un test di gravidanza e in assenza di altri sintomi, non c'è modo di sapere in questa fase iniziale se sto subendo gli effetti dell'incidente o le conseguenze del sesso non protetto. Quindi, per ora, dal momento che non sono pronta a parlare di quest'argomento con Peter, ho bisogno di togliermelo dalla mente e sperare per il meglio.

Se sono incinta, lo sapremo presto.

"Va tutto bene?" chiede Peter, con le sopracciglia scure che si alzano per un preoccupato cipiglio, e mi rendo conto di aver inavvertitamente fatto una smorfia, come se stessi soffrendo.

"È solo il jet-lag" dico, e per placare ulteriormente la sua preoccupazione mi stampo un bel sorriso luminoso sul volto. "Sai, il volo lungo e tutto il resto."

"Ah." Solleva la grande mano, toccando delicatamente la cicatrice in via di guarigione sulla mia fronte. "Dovresti riposare nei prossimi giorni. Non ti sei ancora ripresa completamente." Il cipiglio si fa più profondo. "Forse saremmo dovuti rimanere più a lungo nella clinica."

Rido e scuoto la testa. "Oh, no. Siamo rimasti circa una settimana più del dovuto. Sto bene, sono solo un po' stanca, tutto qui."

"Giusto." Non sembra convinto, e impulsivamente mi alzo in punta di piedi e gli bacio la linea dura di quella bocca sensuale.

È solo un veloce bacio casto, ma reagiamo entrambi come se avessimo subito un colpo. Non so perché l'abbia fatto, perché mi sia sembrata la cosa più naturale del mondo rassicurarlo in quel modo. Non è perché voglio fare sesso, anche se è così— non mi ha presa da quando siamo stati a Cipro e il mio corpo desidera il suo tocco. No, si è trattato semplicemente di qualcosa che volevo fare, qualcosa che mi sembrava giusto.

Si riprende per primo, con un sorriso lento e seducente che gli curva quelle labbra scolpite, quando mi raggiunge, facendomi scivolare un braccio intorno alla vita per tirarmi a sé, mentre piega dolcemente l'altra mano intorno alla mia mascella, accarezzandomi la guancia con il pollice calloso. "Sara..." La sua voce è bassa e roca, calda come il bagliore negli occhi. "La mia bellissima ptichka... ti amo così tanto."

Mi si stringe il cuore, comprimendo l'aria nei polmoni. Aveva già detto di amarmi, ma mai in questo modo... mai con una tale profondità di sentimenti. Mi penetra nelle ossa, perché per la prima volta gli credo.

Gli credo e voglio ripetere quelle parole.

Quella presa di coscienza è come un martello nel mio cranio. Ho combattuto così duramente contro questo, ho fatto tutto il possibile per evitare di innamorarmi di quest'uomo, per sfuggirgli. Eppure, mentre scappavo via da lui, sapevo di fuggire anche da me stessa, dalla parte oscura di me che vuole abbracciare l'assassino di mio marito, che vuole arrendersi alla fantasia di una vita felice con il killer che mi ha strappata da tutti coloro che amavo. Ho combattuto, sono fuggita, e da qualche parte lungo il cammino è successo lo stesso.

Mi sono innamorata di lui.

Mi sono innamorata dell'uomo che dovrei odiare, del mostro da cui forse avrò un figlio.

Sostiene il mio sguardo e, nei suoi occhi, scorgo lo stesso desiderio feroce che ho cercato così duramente di schiacciare. Ha bisogno di me, questo mio rapitore letale, ha bisogno di me così tanto che è disposto a fare qualsiasi cosa pur di avermi. E per qualche ragione, questa consapevolezza non mi terrorizza più come un tempo.

Non so se in qualche modo io abbia trasmesso i miei pensieri, o se l'astinenza delle ultime due settimane e mezzo sia stata dura per Peter quanto lo è stata per me, ma il fuoco nei suoi occhi brucia in modo più luminoso e il potente braccio intorno alla mia vita stringe, attirandomi al suo corpo.

Il suo corpo duro, completamente eccitato.

Anche il mio corpo si stringe, sentendo un improvviso dolore vuoto, mentre sollevo le mani per premerle sul suo ampio torace. Lo voglio, proprio come lo volevo tutte quelle notti in clinica, quando dormivo coccolata platonicamente nel suo abbraccio. Allora, ha rifiutato di toccarmi, preoccupato per le mie ferite, ma non sto più male, non per le ferite, almeno.

Abbassa la testa, e accolgo il suo duro, divorante bacio. Questo è esattamente ciò che voglio: essere posseduta da lui, conoscere la violenza della sua passione. Non è più delicato, e non voglio che lo sia. Lo voglio proprio così: rude e quasi fuori controllo, voglio che mi consumi con il bisogno, facendomi bruciare col suo schiacciante desiderio.

Le mie mani in qualche modo finiscono nei suoi capelli scuri, stringendo le folte ciocche di seta, mentre lo bacio nuovamente in modo selvaggio, con le nostre lingue che si sfidano e i corpi che combattono l'uno contro l'altro attraverso la barriera dei vestiti. Sto respirando a fatica ora, e lo stesso vale per lui, mentre mi sostiene sul bordo del tavolo, e poi mi solleva lì sopra, sfilandomi i pantaloni da yoga e il perizoma con un violento strattone. Poi, abbassa la cerniera e il grosso cazzo mi piomba addosso, facendomi gridare per la brutalità. Se non fossi stata così bagnata, mi avrebbe lacerata, ma sono scivolosa dal bisogno, e mentre inizia a spingermi dentro, avvolgo le gambe attorno ai suoi fianchi, abbracciando tutto ciò che ha da dare.

Non passa molto tempo prima che il mio corpo frema, raggiungendo l'orgasmo con un ritmo vertiginoso, e le sue spinte prendono velocità, con il ritmo selvaggio che ci spinge entrambi al limite della sanità mentale. "Oh, cazzo" geme, piegando la testa all'indietro, mentre l'orgasmo lo assale, e io urlo, rabbrividendo per un doloroso piacere, con i muscoli interni che si stringono attorno al suo cazzo pulsante. I getti caldi del suo seme mi bagnano le viscere, e il corpo freme più volte, con il rilascio che dura un'eternità.

Poi, però, si placa, e mi accorgo della pietra dura del lucente tavolo al quarzo sotto la schiena e del peso di Peter che mi schiaccia. Respiriamo entrambi affannosamente, e nonostante lo strato della sua camicia, sento il sudore che gli ricopre la schiena.

Abbiamo appena scopato sul tavolo della cucina, dove chiunque avrebbe potuto sorprenderci.

L'abbiamo fatto come bestie, come se fossero passati anni da quando abbiamo fatto sesso invece di settimane.

Una risatina maniacale mi sfugge, mentre Peter impreca furiosamente e scende giù da me. L'espressione scura come la notte sul suo viso, mentre tira su la cerniera dei jeans, mi fa ridere ancora di più. Ansimando dall'isteria, scivolo giù dal tavolo su gambe traballanti, e vedo i miei pantaloni e il perizoma incastrati sotto la lavastoviglie.

Sono nuda dalla vita in giù.

Il mio sedere nudo era sul tavolo della cucina, come un tacchino che aspetta di essere farcito.

L'isteria raggiunge un nuovo picco, e mi chino, ridendo così forte che le lacrime mi escono dagli occhi. Peter mi sta fissando come se fossi impazzita, e questo non fa che peggiorare le cose, perché so come devo sembrare, con il sedere nudo e sghignazzando come una pazza.

Dopo un paio di minuti, mi calmo abbastanza da pensare di recuperare i vestiti, ma Peter mi afferra per le spalle prima che io possa mettermi carponi. Il cipiglio preoccupato sul suo viso mi provoca una nuova crisi isterica. "Tu... dovrai disinfettarlo" ansimo tra una risata incontrollata e l'altra. "Visto che cu-cucini qui e tutto il resto..."

Sto ridendo troppo per parlare adesso, ma deve aver colto il mio stato d'animo, perché un riluttante divertimento scintilla nei suoi occhi e curva le labbra. E poi ride anche lui, perché ci sono ancora piatti sporchi dappertutto, e abbiamo appena scopato dove chiunque avrebbe potuto vederci, e il suo seme gocciola lungo le mie cosce sulle piastrelle lucide del pavimento.

Alla fine, ci calmiamo e recuperiamo i miei pantaloni e le mutande da sotto la lavastoviglie. Ho la gola irritata e l'addome mi fa male per aver riso così forte, ma mi sento purificata in qualche modo, svuotata da tutte le amarezze e il risentimento. Tuttavia, l'espressione di Peter si sta nuovamente rabbuiando e, mentre mi conduce di sopra a fare la doccia, chiedo: "Che cosa c'è che non va?"

All'inizio non risponde, si preoccupa solo di entrare nella doccia e di spogliare entrambi, quando raggiungiamo il bagno. Aspetto pazientemente, e, quando siamo sotto il getto d'acqua e inizia a lavarmi la schiena, alla fine mormora: "Ti ho fatto male?"

Sbatto le palpebre e mi giro per guardarlo. È questo che lo preoccupa? Che è stato duro? La spalla sinistra è ancora dolorante a causa dell'incidente automobilistico, ma sono abbastanza sicura che il nostro sesso vigoroso non abbia nociuto. "No, certo che no. Te l'ho detto, sto benissimo."

Mi guarda, poco convinto, poi sospira e mi tira a sé per un abbraccio. Chiudo gli occhi per tenere fuori l'acqua che scorre e avvolgo le braccia attorno al suo busto muscoloso. Rimaniamo in piedi in quel modo, stringendoci l'un l'altra senza parole, e sembra così giusto, in tutto il suo essere sbagliato.

Ho la sensazione che tutto sia esattamente come dovrebbe essere.

 *eter*

LA MATTINA SEGUENTE, MI SVEGLIO PRIMA DI SARA, E QUESTA È diventata la mia abitudine ultimamente: osservarla dormire per alcuni minuti prima di costringermi ad alzarmi dal letto.

Non so se sia stata solo una mia illusione, ma ieri è stato diverso. È stato come se la tregua provvisoria che avevamo stabilito alla clinica fosse ancora lì. Di solito, dopo il sesso, sentivo lo sforzo di Sara nel ricostruire le sue mura tra amare accuse recriminatorie, ma non ieri. Ieri, non ho percepito il suo conflitto interiore, e dopo essermi assicurato di non averle fatto del male, ho smesso di tormentarmi per aver perso il controllo —e per non aver nuovamente indossato il preservativo nonostante la precedente determinazione ad utilizzarlo.

A questo punto, riempire Sara con il mio seme è istintivo, e quegli istinti si rifiutano di ascoltare le ragioni di voler aspettare che la situazione con Esguerra si sia risolta.

In ogni caso, dubito che ieri fossimo in pericolo. Sara dev'essere verso la fine del ciclo, visto quando è stato l'ultimo. Quando lo ha avuto esattamente? Tre settimane fa o quattro? Aggrotto la fronte davanti allo specchio del bagno, mentre asciugo la schiuma da barba e poso il rasoio. No, mi sto sbagliando. Siamo stati via per quasi tre settimane, e prima ancora non ha sanguinato per almeno—

Qualcuno che bussa sulla porta del bagno interrompe i miei calcoli. "Peter?" La voce assonnata di Sara è stranamente tesa. "Yan vuole parlarti."

Fanculo. Strofino un asciugamano sul volto per sbarazzarmi di qualunque residuo di schiuma possa essere rimasto attaccato alla pelle, ed esco dal bagno. Sara è in piedi accanto al letto, avvolta in una spessa vestaglia, che deve aver indossato per aprire la porta a Yan.

"Ha detto di scendere al piano di sotto il prima possibile" spiega, con un cipiglio preoccupato sulla fronte. "È urgente."

Annuisco, indossando già un paio di jeans. Lo immaginavo, perché i miei uomini non hanno l'abitudine di bussare alla porta della nostra camera da letto. Dev'essere successo qualcosa, ma non riesco a immaginare di cosa si tratti. È impossibile che le autorità o qualche nostro nemico ci abbiano rintracciati qui, e questa è l'unica emergenza che penso possa meritare una tale urgenza.

"Vestiti" dico a Sara, mentre mi dirigo verso la porta. "Nel caso dovessimo partire velocemente."

Sgrana gli occhi per la comprensione, e si precipita a vestirsi, mentre mi affretto a scendere di sotto.

Tutti e tre i miei compagni di squadra sono già lì, raggruppati intorno a Yan, che sta scrutando lo schermo del portatile. Anton sta digitando qualcosa sul telefono.

"Che cosa c'è che non va?" chiedo bruscamente, e i gemelli si girano per guardarmi, con i volti cupi.

"Sara è ancora al piano di sopra, vero?" chiede Yan,

rivolgendo un'occhiata indecifrabile alle scale, e annuisco, annullando la distanza tra noi con pochi lunghi passi.

"Che cosa sta succedendo?"

"Da' un'occhiata" risponde, e gira lo schermo verso di me.

In un primo momento, tutto quello che vedo è la familiare e squallida cucina dei genitori di Sara, con i suoi elettrodomestici logori e un davanzale pieno di fiori nei vasi. L'anziano padre di Sara, che indossa una vestaglia, si muove per la cucina con il suo deambulatore, versandosi il caffè e prendendo uno yogurt dal frigo. Ha quasi raggiunto il tavolo della cucina con la colazione, quando un cellulare che squilla interrompe quella che dev'essere stata una mattinata serena.

Charles "Chuck" Weisman appoggia con cura la sua tazza di caffè sul tavolo della cucina e infila una mano nella tasca per estrarre il telefono. "Lorna?" La sua voce è forte e alta, nonostante l'età. "Hai dimenticato di controllare—" Si ferma, e, nonostante l'immagine sgranata, posso vederlo sbiancare, con la bocca che si apre e si chiude per uno shock privo di parole.

La mano libera brancola convulsamente al suo fianco, ma manca la barra del deambulatore, e trattengo il fiato, mentre inciampa. Con mio grande sollievo, riesce ad aggrapparsi al bordo del tavolo. Considerata la fragilità del padre di Sara, la caduta avrebbe potuto facilmente ucciderlo.

"Dove?" è tutto quello che chiede dopo un minuto di rigido ascolto, e poi rimette il telefono in tasca e resta fermo per un attimo, con il mento tremante, prima di ricomporsi e di camminare faticosamente verso la camera da letto per vestirsi.

"Questo è stato registrato circa dieci ore fa" spiega Yan, quando alzo lo sguardo dallo schermo, pronto a rivolgergli furiose domande. "Abbiamo appena finito di ascoltare l'audio completo di questa chiamata. A quanto pare, la madre di Sara è rimasta coinvolta in un incidente d'auto—uno grave. Non erano certi che ce l'avrebbe fatta. I nostri hacker stanno controllando le cartelle degli ospedali, mentre parliamo, ma i medici del pronto soccorso sono notoriamente lenti nel riportare le note nel sistema. La buona notizia è che il padre di Sara è ancora all'ospedale, o almeno non è tornato a casa."

"Mi sono appena messo in contatto con la squadra americana" aggiunge Anton, mettendo via il telefono. "Stanno andando in ospedale, quindi riceveremo un aggiornamento sulle sue condizioni a breve. Ho detto loro di stare molto attenti; sono sicuro che i Federali sorveglieranno il luogo, nell'eventualità che Sara possa presentarsi."

Fanculo. Chiudo gli occhi e mi strofino le tempie per alleviare il mal di testa che sta prendendo il sopravvento. Questo è il peggior incubo di Sara che diventa realtà: uno dei suoi genitori è ferito e lei non è lì. Ha sempre temuto che sarebbe stato il padre, a causa dei problemi di cuore, ma stavolta si tratta di sua madre, relativamente giovane e sana (per avere settantotto anni). Sara sarà più che devastata, e tutti i progressi che abbiamo fatto nella nostra relazione nelle ultime due settimane andranno persi.

Non mi perdonerà mai per averla tenuta lontana dal letto di morte di sua madre. Quest'evento creerà un'altra spaccatura tra noi, una che potrebbe essere ancora più difficile da superare rispetto a quella lasciata dalla morte del marito.

Apro gli occhi, con un dolore sordo che si insinua nel mio stomaco. I miei uomini mi osservano con un misto di curiosità e compassione, ma so che capiscono. Hanno imparato a conoscere Sara negli ultimi mesi, e le vogliono bene. Hanno visto quanto sia affezionata ai suoi genitori anziani, come chieda di loro ogni giorno e osservi diligentemente i video che le procuriamo.

Sanno che questo la distruggerà.

Darà la colpa a se stessa, mentre la darà a me.

"Tenetemi informato sugli aggiornamenti da parte degli americani" ordino con voce roca, e mi dirigo al piano di sopra.

Devo fermare Sara prima che scenda.

Non può scoprirlo, fin quando non sapremo con certezza come stanno le cose.

ara

MI GETTO A CAPOFITTO NELLA MIA ROUTINE MATTUTINA, facendo la doccia e lavando i denti in meno di cinque minuti. Impiego altri tre minuti per vestirmi, e poi decido cosa fare. Dovrei precipitarmi di sotto per scoprire che cosa sta succedendo? O fare i bagagli nel caso dovessimo andarcene di corsa?

Il pragmatismo ha la meglio sulla curiosità, così trovo uno zaino in un armadio e comincio a riempirlo con il necessario: tre paia di mutandine pulite, sia per me che per Peter, poi calzini, jeans, camicie, maglioni per tutti e due. Sono sicura che Peter e i suoi uomini riusciranno a procurare nuovi vestiti, se dovremo abbandonare tutto ed evacuare in un altro rifugio, ma sarà utile avere qualche altro indumento da indossare, in modo che non sembri un'emergenza. Non ho dimenticato il volo fin qui, quando le mie uniche opzioni erano la coperta che Peter mi ha costretta a indossare e gli abiti da uomo decisamente troppo grandi per me.

Se posso evitare di indossare i pantaloni della tuta di Peter, lo farò volentieri.

Dopo essermi occupata dei vestiti, passo agli articoli da toeletta, mettendo gli spazzolini da denti e il dentifricio in una bustina di plastica con la chiusura che trovo sotto il lavandino. Mentre li comprimo, insieme al rasoio di Peter e a un tubetto di crema idratante, mi sorprende la mia calma. Ho i palmi sudati e il battito cardiaco è frenetico, ma non sono più stressata di quanto sarei se fossi in ritardo per un volo. Credo che sia perché sotto sotto mi aspettavo che succedesse qualcosa del genere. Nonostante l'abilità con cui Peter e i suoi uomini eludano le autorità, prima o poi, qualcuno li avrebbe rintracciati. Se non l'FBI o l'Interpol, qualche criminale intento a vendicare uno dei loro bersagli.

Persino i signori della droga e i banchieri corrotti possono avere qualcuno che li ama.

Torno in camera per prendere una cintura per i jeans di Peter quando lui entra, con un'espressione nera come la pece.

"Che cos'è successo?" Lasciando cadere lo zaino sul letto, mi precipito verso di lui. "Dobbiamo—"

Mi prende il viso nei palmi callosi e fa scivolare le labbra sulle mie per un bacio duro e violentemente affamato. Non abbiamo fatto l'amore dopo l'incontro in cucina—mi sono addormentata presto a causa del jet lag e Peter mi ha lasciata dormire—e posso assaporare la lussuria repressa in questo bacio, il fuoco oscuro che brucia sempre tra noi.

Spingendomi contro il letto, Peter strappa i miei vestiti, poi i suoi, e poi, senza preliminari, spinge dentro di me, distendendomi con il suo spessore, sbattendomi con l'ardente calore. Grido per lo shock, ma non si ferma, non rallenta. I suoi occhi brillano fieramente, mentre allunga le braccia sopra la mia testa, legandomi i polsi con le mani, e mi rendo conto che c'è qualcosa in più della lussuria a guidarlo oggi, qualcosa di selvaggio e disperato.

La reazione del mio corpo è rapida e improvvisa, come la benzina che prende fuoco. Un minuto prima, digrigno i denti per la spietata potenza delle sue spinte, e quello dopo supero il limite e urlo, mentre raggiungo un'estasi brutale. Non c'è sollievo in quest'orgasmo, solo una riduzione della tensione impossibile, ma non dura nemmeno questo. Il secondo culmine, violento come il primo, ha la meglio, e grido per i dolorosi spasmi, con il piacere che mi squarcia, mentre spinge dentro, più e più volte, portandomi verso il climax e oltre.

Non so per quanto tempo Peter mi scopi in quel modo, ma quando viene, spargendo un seme incandescente dentro di me, ho la gola roca a causa delle urla e ho perso il conto degli orgasmi che è riuscito a strappare dal mio corpo martoriato. I muscoli duri del suo petto brillano di sudore, mentre si ritrae da me, e io giaccio lì, ansimando, troppo stordita ed esausta per potermi muovere.

Se ne va, poi ritorna qualche istante dopo con un asciugamano bagnato, che usa per accarezzare l'umidità tra le mie gambe. "Sara..." La sua voce è dura, carica di emozione, mentre si china su di me per togliermi una ciocca di capelli dalla fronte bagnata di sudore. "Ptichka, io—"

Qualcuno che bussa alla porta fa sobbalzare entrambi.

"Peter." È Yan, con la voce acuta come quella di stamattina. "Devi ascoltarmi. Subito."

Imprecando a bassa voce, Peter salta giù dal letto, trova i jeans nella pila di vestiti sul pavimento e li tira su senza preoccuparsi della biancheria intima. Lo sguardo che mi rivolge voltandosi è feroce, quasi arrabbiato, ma non dice niente, mentre si allontana dalla stanza.

Mi metto a sedere, sussultando per il dolore tra le cosce, e mi sforzo di alzarmi e fare un altro risciacquo veloce prima di vestirmi di nuovo.

Non ho idea di cosa stia succedendo, ma ho una terribile premonizione.

7

È UNA TESTIMONIANZA DELLA SERIETÀ DELLA SITUAZIONE IL fatto di non scorgere sogghigni allusivi, mentre entro in cucina a piedi nudi e senza maglietta, con l'odore del sesso attaccato a me come una colonia primordiale.

"È grave" dice Yan senza preamboli, mentre mi avvicino. "Un autista ubriaco le è andato addosso a un incrocio, e l'auto si è ribaltata tre volte prima di atterrare sul tetto. Ha più di una dozzina di ossa rotte e un'emorragia interna. È stata appena sottoposta a un secondo intervento chirurgico, ma non sta andando bene. Data l'età e l'entità delle ferite, pensano che non ce la farà."

Ogni parola che pronuncia si conficca in profondità nel mio intestino. "E il padre di Sara?" chiedo, confuso. "Sta—"

"Se la sta cavando finora, ma la sua pressione sanguigna è pericolosamente alta." Lo sguardo di Anton è cupo. "Hanno provato a mandarlo a casa a riposare, ma si è rifiutato di andare. Alcuni dei loro amici sono lì con lui, ma non possono fare più di tanto."

"Giusto." Fisso i miei compari, e nei loro occhi scorgo la cruda consapevolezza di ciò che dovrò fare.

Il rumore di alcuni leggeri passi sulle scale cattura la mia attenzione, e mi volto per vedere Sara che scende i gradini, con il volto a forma di cuore pallido per la preoccupazione.

"Che cosa sta succedendo?" I suoi piedi scivolano sulle piastrelle della cucina, mentre si ferma davanti a noi. Sposta gli occhi color nocciola da me ai miei compagni di squadra, per poi tornare a concentrarsi su di me. "È successo qualcosa?"

"Concedetemi un minuto" dico ai ragazzi, che immediatamente si disperdono, con i gemelli che salgono di sopra, mentre Anton si dirige verso l'armadio vicino alla porta.

"Vuoi che prepari l'elicottero?" chiede in russo mentre mi passa davanti, e annuisco, tenendo lo sguardo fisso su Sara, che sembra più ansiosa con il trascorrere dei secondi.

"Che cos'è successo?" ripete, avvicinandosi a me, e capisco che non posso più rimandare. Allungandomi, le stringo la delicata mano tra i palmi e, nel modo più gentile possibile, le comunico ciò che ho appena appreso.

Il suo viso perde ogni parvenza di colore, quando ho finito, e le dita sono gelide nella mia presa. Ha gli occhi ancora asciutti, ma so che è lo shock ad impedirle di crollare. Il mio passerotto ha appena subito un colpo devastante, e se non agisco subito, non si riprenderà mai.

La perderò.

Lo so.

Lo sento.

È la cosa più difficile che abbia mai dovuto fare, ma dico in modo deciso "Ti ho vista fare i bagagli prima. Sei pronta per partire?"

Sbatte le palpebre senza capire. "Che cosa?" La sua voce è

confusa, anche se lo sguardo si concentra su di me con un'improvvisa e disperata speranza. "Per andare dove?"

"A casa" dico, e il dolore nell'intestino si intensifica, con il vuoto che si diffonde fino ad inghiottirmi il cuore. "Ti riporto a casa, amore mio, prima che sia troppo tardi."

8

Sara

Fisso l'esterno dall'oblò dell'elicottero sotto le nubi, con i pensieri confusi e il petto dolorosamente rigido. Forse è perché sono ancora sotto shock, ma tutto è successo con una tale velocità che semplicemente non riesco a comprenderlo, non riesco a dare un senso a questo sviluppo e al groviglio di emozioni che mi soffocano dentro.

Mamma è rimasta coinvolta in un incidente d'auto. Potrebbe morire.

Peter mi sta riportando a casa.

I miei respiri sono superficiali, eppure ogni volta che respiro, mi fa male, come se l'aria all'interno della cabina fosse troppo densa. Mi sento come se avessimo impiegato solo pochi minuti a partire, a salire sull'elicottero e volare via, come se questo fosse sempre stato il nostro piano, come se avessimo parlato e deciso che era giunto il momento.

Il momento di tornare a casa.

Il momento della morte di mamma.

Mi si blocca il respiro, mentre inspiro particolarmente forte, e devo faticare per far espandere i polmoni, per far passare l'ossigeno attraverso una trachea che non è più larga di uno spillo.

Il fatto è che non ne abbiamo discusso. Affatto. Peter mi ha informata, e questo è tutto. Poi c'è stato solo il trambusto della partenza, abbiamo afferrato tutto ciò di cui avevamo bisogno e siamo saliti sull'elicottero. E una volta lì, ha iniziato a parlare al telefono, a organizzare qualcosa, parlando molto in russo e poco in inglese. Ho catturato frammenti delle sue conversazioni, ma ero troppo stordita per dare un senso alle parole. Per dare un senso a tutto, in realtà. Come può riportarmi a casa, se lo stanno cercando? Se sa che nel momento in cui mi presenterò lì, potrei essere portata via da qualche parte in cui potrebbe non trovarmi mai più?

Come può lasciarmi andare, quando ha giurato che non l'avrebbe mai fatto?

Vorrei chiedergli tutto questo e molto altro, ma non è accanto a me. È sul divano, rannicchiato davanti a un portatile con i gemelli. Sento una raffica di parole in russo, mentre indicano qualcosa sullo schermo, e mi rendo conto che stanno pianificando la logistica di questa operazione imprevista, cercando di capire come piombare lì e farmi atterrare sotto il naso delle autorità.

Potrei alzarmi e pretendere risposte, ma questo potrebbe deconcentrarli, far perdere loro alcuni dettagli cruciali che potrebbero fare la differenza tra la vita e la morte, o almeno tra la cattura e la libertà. Così, mi siedo e guardo fuori dall'oblò, concentrandomi sull'estenuante compito della respirazione.

Inspirare, espirare. Lentamente e costantemente. Mi sforzo di sfruttare l'aria innaturalmente densa, mentre tengo lo sguardo sulle soffici nuvole all'esterno. Concentrarmi su di esse mi aiuta ad affrontare la consapevolezza che là fuori, a migliaia di chilometri di distanza, mamma è sotto i ferri di un chirurgo, con il fragile corpo aperto e sanguinante. Ho assistito a centinaia di interventi chirurgici, eseguito dozzine di tagli cesarei da sola, e so come sembri, come la carne umana sia solo carne a quel punto, qualcosa che il medico taglia, affetta e ricuce per salvare la persona che non è una persona per il medico in quel momento, ma un compito, una sfida da affrontare.

Il mio stomaco si trasforma in un nodo, con il petto che si stringe ulteriormente, e sussulto per un fastidioso solletico sulla guancia, solo per poggiarci la mano, quando sembra bagnata.

Non mi ero resa conto che stessi piangendo, ma ora che lo so, cerco di ricompormi e mi concentro su qualcosa al di là dell'immagine mentale del corpo di mamma su una barella, con lo stomaco aperto per riparare i danni. E di papà nella sala d'aspetto dell'ospedale, esausto e privato del sonno, con il cuore sopraffatto e affaticato.

Perché Peter sta facendo questo? Provo a rifletterci, perché fare questo è meglio delle immagini nella mia testa. Mi lascerà andare per sempre o tornerà a prendermi? Nel secondo caso, deve rendersi conto che rapirmi una seconda volta non sarà così facile. Sta correndo un enorme rischio riportandomi a casa, eppure lo sta facendo. Perché?

Potrebbe essersi stancato di me?

No. Scaccio quel pensiero patetico e insicuro. Di qualunque altra cosa possa trattarsi, Peter è l'esatto opposto della volubilità. Una volta che si mette in testa una linea di condotta, non se ne discosta, che si tratti di vendicare la propria famiglia o di inserirsi nella mia vita. Ieri ha detto di amarmi e io gli ho creduto. Gli credo ancora.

Non mi sta riportando a casa, perché vuole liberarsi di me.

Lo sta facendo per me. Perché mi ama.

Mi ama abbastanza da rischiare di perdermi.

Atterriamo su una pista privata vicino a Chicago proprio mentre il sole sta tramontando. Non ho idea di quanti favori Peter abbia dovuto chiedere per avere il via libera dal controllo aereo, ma l'elicottero tocca terra senza interferenze. Un'anonima berlina ci sta aspettando, quando scendiamo dall'elicottero, e Peter mi conduce lì, con le forti dita che mi tirano delicatamente per il gomito.

Il suo viso è come un blocco di granito, duro come non l'avevo mai visto. Non abbiamo avuto la possibilità di parlare durante il volo, e non ho idea di cosa stia pensando. Per la maggior parte del viaggio, è stato al telefono a pianificare con i suoi uomini, e io ho alternato pisolini irrequieti con pianti silenziosi. Poche ore fa, abbiamo saputo che mamma è sopravvissuta all'operazione, ma che i suoi organi vitali continuano ad essere instabili.

Non è un buon segno.

Ci fermiamo davanti alla macchina, e vedo un uomo sul sedile di guida.

Alzo lo sguardo per scrutare il volto di Peter. "Hai intenzione di—"

"Ti farà scendere all'ospedale" dice con voce dura e piatta. "Non verrò con te."

Me lo aspettavo, eppure quelle parole mi dilaniano. "Quando—" Mando giù il nodo che mi sta crescendo nella gola. "Quando tornerai a prendermi?"

Mi fissa, con la maschera inespressiva che cade. "Non appena sarà possibile, ptichka" dice con voce ferma. "Non appena sarà possibile, cazzo."

Il nodo in gola si espande e le lacrime mi bruciano gli occhi. "Quindi, rimarrò qui finché mia mamma non si riprenderà?"

"Sì, e finché non avrò finito con—" Si interrompe e fa un respiro profondo. "Non importa. Hai già abbastanza grattacapi.

Tutto quello che devi sapere è che *tornerò* a prenderti." I suoi occhi mi perforano, mentre mi afferra il viso tra i palmi grandi e ruvidi. "Mi hai sentito, Sara? A prescindere da quello che succederà, finché sarò in vita, tornerò per te. Sei mia, ptichka. Finché saremo entrambi vivi."

Avvolgo le mani attorno ai suoi solidi polsi, con delle lacrime ardenti che mi rigano le guance, mentre sostengo il suo sguardo. Un tempo, la sua affermazione mi avrebbe terrorizzata, ma ora attenua il dolore che mi stringe il petto, dandomi qualcosa a cui aggrapparmi, mentre se ne va e il mio nuovo mondo—quello che è centrato attorno a lui—cade a pezzi.

Tornare a casa è quello per cui ho combattuto tutti questi mesi, ma oggi non provo alcuna gioia, solo un terribile vuoto nel cuore, dove Peter ha scavato così spietatamente uno spazio per se stesso.

Si appoggia e mi bacia le lacrime sulle guance. "Vai, amore mio." Lasciandomi andare, indietreggia. "Non c'è tempo da perdere."

E prima che io possa dire qualcosa—prima che possa dirgli cosa provo—si gira e si dirige verso l'elicottero, lasciandomi accanto alla macchina.

Lasciandomi tornare a casa da sola.

DOVREI ESSERE FELICE CHE ABBIAMO RAGGIRATO LE AUTORITÀ statunitensi e che questa mini-operazione si sia conclusa senza intoppi, ma il dolore che provo nel petto è troppo schiacciante, troppo forte. So che questo è solo temporaneo, ma mi sento come se qualcuno mi avesse squarciato e strappato il cuore ancora pulsante.

La mia ptichka stava piangendo, quando me ne sono andato. E forse è solo pura illusione, ma ho avuto l'impressione che non fosse felicissima di essere a casa—e non solo a causa delle circostanze. Il modo in cui mi ha chiesto quando sarei tornato —*quando*, non se—e lo sguardo nei suoi occhi nocciola...

È tutto ciò che ho sempre desiderato, e non ho avuto altra scelta che andarmene. Liberarla, quando ogni egoistico istinto mi urlava di tenerla stretta, di incatenarla a me e non lasciarla mai andare. E oltre a tutto questo c'è l'irrazionale paura per la sua sicurezza, la terribile paranoia che qualcosa potrebbe accaderle, mentre non ci sono. Questo deriva dal suo incidente, lo so, ma non migliora le cose.

La farò sorvegliare, ma non sarò nelle vicinanze, e questo mi uccide.

"Sei sicuro di quello che stai facendo?" chiede Ilya, sedendosi accanto a me, mentre il nostro jet si solleva, con le ruote che rientrano con uno stridio. "Non è troppo tardi. Possiamo ancora tornare indietro, e—"

"No." Chiudo gli occhi e mi sforzo di respirare. "Quel che è fatto è fatto."

Darei qualsiasi cosa per tenere Sara con me, ma non posso—non senza distruggere lei e qualunque altra possibilità abbiamo di un futuro insieme.

Ad ogni modo, potrebbe essere la cosa migliore che lei non sia accanto a me, quando farò quello che devo fare per garantire quel futuro.

Tornerò a prenderla, ma prima devo occuparmi di Novak e di Esguerra.

 ara

Impieghiamo quasi due ore ad arrivare in ospedale—troviamo traffico lungo la strada—e ho i nervi scossi, quando il conducente mi fa scendere davanti all'ingresso e scompare. Non ha risposto a nessuna delle mie domande, quindi non ho idea di chi sia o di quale sia il suo rapporto con Peter e la squadra. E forse questa è la cosa migliore. Non ho dubbi sul fatto che sarò interrogata non appena l'FBI scoprirà che sono qui.

La mia speranza è quella di vedere mamma e papà prima che ciò accada.

Combattendo per contenere l'ansia, mi affretto ad attraversare i familiari corridoi. Non ho bisogno dei segnali che mi indichino l'unità di terapia intensiva. Quest'ospedale è quello in cui ho svolto il tirocinio e quello in cui ho lavorato per tanti anni; lo considero casa mia più di quella in cui vivevo.

"Lorna Weisman?" chiedo, affrettandomi verso la reception dell'unità di terapia intensiva, e poi aspetto, urlando tra me e me con impazienza, mentre un'assistente di mezz'età con una permanente rossa e sgargiante cerca il nome.

Mi accorgo del momento esatto in cui trova le note speciali che l'FBI ha lasciato nel sistema. Mi fissa, con occhi sgranati e sorpresi dietro agli occhiali con la montatura verde, e balbetta: "U-un attimo solo."

Afferro il bordo del tavolo. "Dov'è?" Mi chino, imitando il tono più terrificante di Peter. "Me lo dica *subito*."

"I-in chirurgia." La donna si tira indietro tanto quanto la stazza lo consente. Le sue dita piene di anelli cercano il telefono sul tavolo. "L'hanno po-portata dentro un'ora fa."

"Di nuovo?"

Annuendo freneticamente, trova il pulsante di emergenza sul telefono. "C'era un'ulteriore emorragia interna e—"

Non rimango ad ascoltare i dettagli. Tra pochi minuti, la sicurezza—e forse l'FBI—sarà qui, e devo trovare papà prima di allora. Peter ha detto che papà non era ancora tornato a casa e, dato quello che ho appena saputo, non ho dubbi che sia qui, in attesa di vedere se mamma riuscirà a farcela.

C'è una grande sala d'aspetto nell'unità di terapia intensiva, ma non lo trovo lì. È possibile che si sia recato nella mensa per mangiare qualcosa o che sia andato al bagno. Ad ogni modo, non c'è tempo da perdere, così corro verso una delle sale d'aspetto più piccole che sono di lato. Alcune famiglie preferiscono quelle per una maggiore privacy, quindi c'è una piccola possibilità che papà possa—

"Sara?"

Giro a destra, con il battito del cuore che salta a quella voce familiare.

È la mia amica Marsha. Indossa il camice da infermiera e mi fissa come se fossi appena comparsa da sotto il suo letto. Dietro di lei c'è un altro volto scioccato e noto: Isaac Levinson, uno dei più cari amici di mio padre. Lui e sua moglie, Agnes, sono seduti nell'angolo della piccola sala d'aspetto in cui ho infilato la testa, e accanto a loro c'è—

"Papà!" Mi precipito, quasi inciampando su una sedia, mentre le lacrime mi offuscano la vista e mi soffocano il respiro.

"Sara!" Papà piega le braccia attorno a me—sono molto più magre e deboli di quanto ricordassi—e mi rendo conto che sta piangendo anche lui, con il fragile corpo tremante per i singhiozzi. Tirandosi indietro, mi fissa con incredulità mescolata alla crescente gioia, con la bocca che trema, mentre mi afferra le mani. "Sei qui. Sei davvero qui."

"Sono qui, Papà." Gli stringo le mani tremanti e faccio un passo indietro, asciugandomi le lacrime, mentre stabilizzo la voce. "Sono qui ora. Dimmi... Come sta mamma?"

Il suo viso si contorce. "Ha ancora l'emorragia. Pensavano che fosse sotto controllo, ma devono aver sbagliato qualcosa oppure i punti si sono strappati dopo averla ricucita. La sua pressione sanguigna è crollata di nuovo, quindi la stanno operando un'altra volta, e—"

"Dottoressa Cobakis."

I miei muscoli si irrigidiscono, mentre mi volto per affrontare la sconosciuta voce maschile.

È una guardia di sicurezza, accompagnata da un poliziotto col volto infantile. Le loro espressioni sono caute ma determinate, e la mano destra del poliziotto incombe sulla sua pistola, come se si aspettasse che io iniziassi a sparargli.

"Dottoressa Cobakis, deve venire con noi" dice la guardia di sicurezza, e mi rendo conto che il suo pizzetto biondo sembra vagamente familiare. Devo averlo visto in ospedale. Non che questo abbia importanza. A giudicare dall'aspetto risoluto sul volto lentigginoso, non posso aspettarmi alcun aiuto o comprensione da parte sua—o del giovane poliziotto, che mi sta fissando come se indossassi un giubbotto esplosivo al posto dei jeans e di un maglione.

"Aspettate un momento—" inizia a dire mio padre, indignato.

"Non è qui" lo interrompo, alzando le mani sopra la testa per mostrare che non ho armi. Capisco da dove derivi la loro diffidenza e intendo fare il possibile per metterla a tacere. "Sono sola, lo giuro."

Marsha, che si è apparentemente ripresa dallo shock, fa un passo avanti, aggrottando le sopracciglia verso la guardia. "Che cosa stai facendo, Bob? Questa è la mia amica Sara. È—"

"Sappiamo chi è." La voce del giovane poliziotto trema leggermente, stringendo le dita sull'impugnatura dell'arma, mentre si avvicina cautamente. "Non vogliamo problemi, ma—"

"Oh, per l'amor del cielo, la madre della ragazza è in chirurgia!" Agnes Levinson si fa strada a forza di dare gomitate, superando il marito e mio padre per fissare la guardia e il poliziotto dalla sua altezza di un metro e cinquanta. I suoi capelli color sale e pepe si aprono come un'aureola intorno al piccolo viso, mentre cammina davanti a me, con le mani sui fianchi in una posa adirata, e dice: "Mio marito e mio figlio sono entrambi avvocati, e posso assicurarvi che vi *denunceremo* per molestie. Lasciate che la ragazza parli con suo padre, e poi potrete avere il vostro turno." Si gira verso di me, addolcendo gli occhi castani. "Sara, cara, stai bene?"

Sbatto le palpebre e abbasso lentamente le mani, quando né Bob la guardia, né il poliziotto si muovono verso di me. "Sto... sto bene. Grazie." L'amicizia tra i Levinson e i miei genitori risale a quasi due decenni fa, e i miei genitori mi hanno sempre detto che Agnes e Isaac mi considerano la figlia che non hanno mai avuto. Fino a questo momento, ero convinta che fosse un'esagerazione; non li ho mai considerati qualcosa di più di una bella coppia di anziani amica dei miei genitori. La difesa di Agnes nei miei confronti è più simile a qualcosa che farebbe una famiglia, e mi ritrovo ad essere assurdamente commossa, specialmente quando Isaac si fa avanti e inizia a discutere con i miei potenziali catturatori con tutto il linguaggio legale a sua disposizione, dando a mio padre la possibilità di afferrarmi il braccio e tirami da una parte.

"In fretta, tesoro, parlami." La voce di papà è bassa e urgente, mentre il suo sguardo vaga sul mio viso prima di soffermarsi preoccupato sulla cicatrice semi-guarita sulla fronte. "Che cos'è successo? Che cosa ti ha fatto? Come sei riuscita a scappare?" Prima che io possa rispondere, si sporge in avanti e mi sussurra nell'orecchio: "Dobbiamo portarti subito da un avvocato. So che hai dovuto dire quelle cose al telefono, ma si rifiutano di credermi. Li ho sentiti parlare di questo, e invocheranno la Legge sulla Sicurezza Nazionale a causa dei suoi legami con il terrorismo. Dobbiamo procurarti un buon avvocato o—"

"Sara! Santo cielo, ragazza, dove sei stata?" Marsha si unisce a noi, prendendomi per un braccio come se potessi evaporare nel nulla. I suoi ricci alla Marilyn Monroe oscillano selvaggiamente, mentre mi fa girare per costringermi a guardarla. "Che cosa ti è successo? Dove sei stata?" I suoi occhi azzurri indugiano sulla cicatrice, e ansima. "Che cos'è successo al tuo viso?"

Sopraffatta, faccio un passo indietro. "Marsha, per favore—"

"Sara Cobakis." Il poliziotto con il viso infantile in qualche modo è riuscito a sbarazzarsi dei Levinson e a spingere Marsha da una parte, con una mano ancora una volta sull'impugnatura dell'arma. "Deve venire subito con me."

Alzo di nuovo le mani. "Nessun problema. Per favore, collaborerò, lo giuro."

Ora è mio padre a farsi avanti con fare belligerante. "Non andrà da nessuna parte, finché non avrà un avvocato, e—"

"Fermi tutti!"

E mentre tutti noi restiamo a bocca aperta, un commando dei Reparti Speciali irrompe nella stanza, con il volto coperto e le armi spianate.

 _ara_

"TE L'HO DETTO, NON SO DOVE SIA" RIPETO PER LA QUARTA VOLTA. "Non ho idea di come abbia fatto ad entrare e uscire dal Paese senza essere visto, e non conosco l'uomo che mi ha portata dall'aeroporto—non l'avevo mai visto prima. Mi dispiace, ma non posso proprio aiutarti."

L'Agente Ryson mi fissa, con gli occhi freddi sul viso rugoso. "Ti consiglio di rifletterci, Dottoressa Cobakis. Dovrai affrontare delle accuse molto gravi, e meno collaborerai, peggio sarà per te."

"Sto collaborando pienamente." Le mie unghie tagliano nei palmi sotto al tavolo, ma mantengo un tono calmo. "Ho detto tutto quello che so. Sono stata rapita e portata su una montagna remota in Giappone, dove sono rimasta negli ultimi cinque mesi, ad eccezione di un breve soggiorno a Cipro, dove un fallito tentativo di fuga mi ha provocato una permanenza di due settimane in una clinica della Svizzera."

Ryson si sporge in avanti, e sento un alito di caffè stantio. Deve averne bevute diverse tazze per rimanere sveglio fino a quest'ora. "Quanto pensi che siamo idioti, Dottoressa Cobakis? Nessuno crederebbe nuovamente al tuo giochino. Una delle società di comodo di Sokolov possiede la tua casa ed è così da mesi. Abbiamo confessioni di testimoni oculari sui tuoi incontri con lui da Starbucks e in un club del centro diverse settimane prima del tuo cosiddetto rapimento—per non parlare delle registrazioni di tutte le telefonate ai tuoi genitori."

"Ho già spiegato tutto." Ho la calma appesa a un filo. "Quello che ho detto ai miei genitori al telefono è stato un tentativo di placare la loro preoccupazione per me—niente di più. Per quanto riguarda i miei incontri con lui, sì, ci sono stati. Dopo aver fatto irruzione in casa mia—quando mi ha drogata e torturata con l'acqua, ricordi?—è scomparso per alcuni mesi, per poi tornare a seguirmi. Ti ho contattato a quel punto e ti ho detto che mi sentivo osservata. Ti ho chiesto se fosse tornato, e mi hai assicurato che fossi al sicuro. Ma non lo ero. Era lì, a studiare ogni mia mossa, non immagini. Non sei riuscito a proteggermi da lui, proprio come non sei riuscito a proteggere George, quindi non fingere di non capire che rivolgermi a te potrebbe essere stato più un male che un bene."

La bocca dell'agente si assottiglia, mentre si appoggia. "Allora, che cos'hai fatto? Hai deciso di affrontare questo psicopatico da sola, quando si è fatto vivo? Ti aspetti davvero che ti crediamo?"

Mi brucia il viso per la derisione nella sua voce. "Con il senno di poi, non è stata la decisione migliore, ma al momento non vedevo molte alternative. Ha detto che mi avrebbe trovata, a prescindere da dove mi avessi nascosta, il che implicava che più persone sarebbero potute rimanere coinvolte in quel modo —e gli ho creduto. Non sapevo cosa fare, così gli ho dato quello che voleva, vivendo alla giornata finché non avessi trovato una soluzione migliore."

"Oh, davvero? E che cosa voleva?"

Incrocio lo sguardo accusatore di Ryson. "Secondo te?"

È il primo a sbattere le palpebre e a guardare altrove. Sospirando pesantemente, si strofina la fronte in un gesto stanco, e per un momento mi sento quasi male per lui. Se accetta che sono innocente, dovrà anche accettare che ha fallito nel suo lavoro—che ha permesso a un mostro di invadere la mia vita e di portarmi via proprio sotto al loro naso. Sarebbe molto più facile se fossi la cattiva in questa storia, se potessero in qualche modo dimostrare che ho tramato contro di loro per tutto il tempo. Solo che i fatti non supportano questa tesi, e loro lo sanno.

Sono qui da più di un'ora, e, nonostante tutte le loro minacce, non mi hanno ancora accusata.

Qualcuno bussa alla porta, e poi la testa bionda di un'agente donna fa capolino. "Agente Ryson? Abbiamo bisogno di te per un secondo."

La segue fuori, lasciandomi sola nella piccola stanza degli interrogatori, e mi accascio nella scomoda sedia di metallo, esausta. Poi, ricordo che probabilmente mi stanno ancora osservando e mi raddrizzo, cercando di evitare di guardare il mio pallido viso nel grande specchio sul muro. Sono così stressata che sono sul punto di arrendermi, ma non voglio che lo sappiano. L'interrogatorio, unito agli inevitabili effetti del jet-lag e alla preoccupazione per mamma, mi ha strappato via tutto, e se potessi, crollerei e dormirei per le prossime diciotto ore. Purtroppo, devo rimanere sveglia e vigile.

Devo convincerli della mia innocenza, in modo da poter stare con i miei genitori.

Dopo che la Squadra Speciale ha preso d'assalto l'ospedale e mi ha trascinata fuori, ho deciso che la mia migliore scommessa sarebbe stata quella di rispondere alle domande degli agenti il più sinceramente possibile, omettendo solo quello su cui sono certa di non poter farla franca. Peter non mi ha dato alcuna istruzione in merito, quindi deve aspettarsi che io riveli tutto, mentre prende provvedimenti per mitigare le conseguenze—spostando la squadra in un altro rifugio e così via. Per quanto riguarda i Kent, sono abbastanza certa che siano intoccabili con tutte le loro ricchezze e connessioni, ma voglio rimanere al sicuro non menzionando affatto i loro nomi—non c'è motivo che i Federali pensino che tali dettagli possano essere condivisi con me, una prigioniera.

Tuttavia, la cosa principale che intendo nascondere è lo stato attuale della mia relazione con Peter—e che tornerà presto per me.

"Qualche notizia su mia madre?" chiedo all'Agente Ryson, quando torna nella stanza qualche minuto dopo, e annuisce, rimettendosi a sedere davanti a me.

"L'intervento è andato bene" dice, e un gigantesco nodo di tensione si dissolve tra le scapole. "Hanno trovato la fonte dell'emorragia e l'hanno fermata" continua. "È ancora troppo presto per dichiararla stabile, ma la situazione sembra più incoraggiante."

Nonostante la mia determinazione di rimanere stoica, devo sbattere rapidamente le palpebre per trattenere le lacrime. "Grazie." La mia voce è carica di emozioni appena contenute. "Lo apprezzo."

Si sposta sulla sedia, sentendosi a disagio. "Prego" dice in tono burbero. "Non siamo dei mostri qui, lo sai. Il che ci porta alla prossima domanda, Dottoressa Cobakis." Incrocia le braccia sul petto e mi fissa di nuovo con durezza. "Se quello che stai dicendo è vero—se Sokolov ti ha seguita, minacciata e rapita; se ti ha tenuta prigioniera per tutti questi mesi—perché ti avrebbe riportata qui ora?"

Scaccio tutti i pensieri su mamma e mi concentro su come

superare questo interrogatorio. Prima risponderò alle domande di Ryson, prima potrò vederla.

"Sokolov si è stancato di me" dico senza batter ciglio, avendo perfezionato mentalmente la menzogna sul vialetto. "Ha cercato di convincermi ad aprirmi con lui, permettendomi di telefonare alla mia famiglia e trattandomi abbastanza bene in generale, ma continuavo a respingere le sue avances, e alla fine si è stancato. Sospetto che possa aver trovato un'altra sventurata donna su cui fissarsi, ma le mie sono solo delle semplici illazioni."

"Giusto." Il tono dell'agente è carico di sarcasmo. "Si è 'stancato'" proprio quando i tuoi genitori hanno avuto più bisogno di te."

"No, aveva già cominciato a distaccarsi quando"—tocco la cicatrice sulla fronte—"è successo questo. In seguito, non riusciva nemmeno più a toccarmi. Eppure, mi ha tenuta, finché l'incidente di mamma non gli ha dato una buona scusa per sbarazzarsi di me."

Ryson solleva le sopracciglia folte beffardamente. "Aveva bisogno di una scusa?"

"Non è forse vero che tutti i mostri si reputano angeli?" Tengo lo sguardo fisso sul suo viso. "Persino i peggiori criminali amano pensare di essere brave persone e di essere semplicemente degli incompresi—tu, tra tutti, dovresti saperlo. E Sokolov non è diverso, te lo assicuro. Si era convinto che gli importasse di me, e, quando si è stancato del nuovo giocattolo, ha avuto bisogno di una scusa per sbarazzarsene. L'incidente di mamma era l'ideale, ed eccomi qui, solo un po' danneggiata." Tocco un'altra volta la cicatrice, come se fossi amareggiata per la deturpazione.

"Uh-uh." Ryson mi fissa senza aggiungere altro, e mi rendo conto che sta aspettando che io dica qualcosa per riempire il silenzio sempre più scomodo.

Quando continuo a guardarlo con calma, si alza in piedi e

mi rivolge un freddo sorriso. "Va bene, Dottoressa Cobakis. La mia collega mi ha appena informato che l'avvocato che la tua famiglia ha assunto è già qui, dall'altra parte della porta. Dato che non ti abbiamo ancora accusata formalmente, sei libera di andare... per ora. Verificheremo la tua storia, e se scopriremo che hai mentito—e intendo dire su *qualsiasi* cosa—nessun avvocato riuscirà a salvarti."

"Capisco." Nascondo il sollievo, mentre lo seguo fuori dalla stanza. Come speravo, la cooperazione ha dato i suoi frutti. Sulla strada per venire qui, ho preso in considerazione l'idea di avvalermi di un legale, ma ho deciso che sarebbe stato meglio comportarsi come qualcuno che non ha nulla da nascondere, anche a rischio di autoincriminarmi rispondendo alle domande senza un avvocato. Questa strategia potrebbe ancora ritorcersi contro di me, ma per il momento sono libera di fare ciò per cui sono venuta qui: trascorrere del tempo con i miei genitori.

Un uomo alto e con i capelli color sabbia ci viene incontro, quando usciamo dal corridoio della zona degli interrogatori. Con mio grande stupore, lo riconosco.

È Joe Levinson, il figlio di Agnes e Isaac—e a quanto pare, il mio avvocato.

Rimanendo inespressiva, stringo la mano a Joe e lo ringrazio per essere venuto. Sorride educatamente a Ryson, promette che non lascerò la città senza informarli, e mi conduce con calma nell'ascensore. È solo quando usciamo insieme dall'edificio e saliamo su un taxi che mostro il mio stupore.

"Pensavo che ti occupassi di diritto societario" dico, fissando l'uomo che è, se non proprio un amico d'infanzia, almeno un conoscente molto stretto. "Come hai—"

"Stavo bevendo qualcosa con i clienti in centro, quando mio padre mi ha chiamato" spiega Joe, sogghignando. "Naturalmente, mi sono precipitato non appena ho potuto. Probabilmente non ti ricordi, ma subito dopo la scuola di legge, ho svolto un tirocinio di due anni presso un'organizzazione non governativa per i diritti umani, difendendo il diritto di processare i presunti terroristi e così via. La paga era una merda e, francamente, molti dei clienti mi terrorizzavano, così sono passato al diritto societario. Ma le vecchie abilità e il gergo sono ancora lì, quindi se mai sarai accusata di aver aiutato un sospetto terrorista e avrai bisogno di un avvocato con un'ora di preavviso, sono l'uomo perfetto per te."

Peter è un assassino, non un terrorista, ma non mi interessa discutere su questo punto. "Hai ragione" dico, sorridendo. "Mi ricordo ora. I tuoi genitori erano preoccupati per te, quando lavoravi lì."

"Sì." Il suo sorriso si allarga per un secondo. Poi, la sua espressione si fa seria, e dice sottovoce: "Mi dispiace per tua madre. È una donna straordinaria, e spero che possa farcela."

"Grazie, lo spero anch'io." Mi si stringe la gola, e devo sbattere nuovamente le palpebre.

Joe mi lascia guardare fuori dal finestrino, nelle strade buie della notte, finché non riprendo il controllo. Poi, dice gentilmente: "Sara... Ovviamente, non sono davvero il tuo avvocato—tuo padre troverà qualcuno molto più qualificato per gestire il tuo caso—ma voglio che tu sappia che puoi parlarmi, se vuoi. Non so che cosa ti sia successo, e va benissimo se non vuoi discuterne, ma voglio solo che tu sappia che sono qui per te, ok?"

Lo guardo, scorgendo la sincerità nei suoi occhi azzurri, e per la prima volta vorrei aver fatto una scelta diversa al college. Invece di impegnarmi subito con George quando avevo appena diciotto anni, avrei potuto procedere più lentamente e prestare più attenzione al figlio degli amici dei miei genitori... al ragazzo carino e timido che è sempre stato ai margini della mia vita. È vero, non mi ha mai eccitata, ma forse l'attrazione sarebbe cresciuta nel tempo—se gli avessi concesso una possibilità.

Sono cresciuta sentendo molto storie su Joe, sui suoi successi a scuola e su quanto fossero orgogliosi i suoi genitori di lui, ma non gli ho mai prestato molta attenzione. Ha sette anni più di me, e quella differenza di età sembrava insormontabile, quando ero un'adolescente. Quando avevo vent'anni non significava più niente—ma a quel punto ero ormai sposata.

Non abbiamo mai avuto la possibilità di esplorare quello che sarebbe potuto essere, e sicuramente non avremo questa possibilità ora—non con un assassino russo che domina la mia vita e il mio cuore.

"Grazie, Joe. Lo apprezzo." Mantengo un tono leggero, fingendo che l'offerta non significhi nulla, come se non avesse indicato la volontà di lasciarsi coinvolgere nel terrificante casino che è la mia vita. Non so che cosa abbiano detto i miei genitori ai Levinson sulla mia situazione, ma tra il commento sul "sospetto terrorista" e il fatto di dovermi far uscire dall'edificio dell'FBI in centro, Joe deve avere un'idea di quello che affronterebbe.

Accetta il mio silenzio e tace anche lui. Per il resto del tragitto verso l'ospedale, non parliamo, e per me va benissimo così.

Nella mia vita non c'è spazio per Joe, e non sarebbe sicuro per lui pensarla diversamente.

eter

NON TORNIAMO IN GIAPPONE—CON SARA NELLE GRINFIE dell'FBI, è troppo rischioso. Così, voliamo a Praga, dove il nostro rifugio si trova in un piccolo villaggio a una ventina di chilometri dalla città. È nevicato durante la notte, e il luogo sembra molto pittoresco, con uno strato bianco e incontaminato che copre tutti i tetti e i rami degli alberi spogli.

"Perché non potevamo scegliere un posto caldo?" brontola Anton, quando scende dalla macchina su un cumulo di neve. "Davvero, quel rifugio in India sarebbe perfetto in questo momento."

Se non avessi appena lasciato andare la donna che è la mia vita, avrei riso per lo sguardo disgustato sul suo viso. Ma non sono dell'umore giusto per le cazzate di Anton, così dico semplicemente: "Perché dobbiamo stare nell'Europa dell'Est." Non che io abbia bisogno di dirlo—sa bene quanto me perché siamo qui. Durante il volo, ho riprogrammato l'incontro con Novak, anticipandolo alla prossima settimana.

Henderson è ancora a piede libero, e, se non posso passare il tempo con Sara, non ha senso posticipare l'incontro.

"Mi piace qui" dice Ilya, guardandosi intorno nel paesaggio innevato. Non abbiamo tanta privacy come in Giappone, ma la casa è sufficientemente lontana dai vicini da darci almeno l'illusione di avere un rifugio invernale privato. "È carino."

"Sono d'accordo con Anton su questo. Ne ho abbastanza del freddo" dice Yan, dirigendosi verso la casa. "Se non altro, presto saremo al caldo; ho sentito dire che la tenuta di Esguerra nella giungla è bella e abbrustolita." Mi guarda mentre lo dice, ma non abbocco.

A questo punto, nessuno deve sapere cosa sto davvero pianificando.

È più sicuro per tutti in questo modo.

È solo quando abbiamo disfatto le valigie e ci siamo sistemati nella nuova casa che mi concedo di pensare a Sara e di sentire il doloroso vuoto che rappresenta la sua assenza nella mia vita. È passato solo un giorno, ma già sento la mancanza, e la desidero così tanto che mi sento dilaniato dentro. Gli americani la stanno tenendo d'occhio, quindi riceverò aggiornamenti giornalieri, ma non è abbastanza. La voglio qui, al mio fianco. Voglio stringerla, vederla sorridere e sentirla ridere. Scoparla finché non ha la voce troppo roca per urlare il mio nome e il bruciore nelle vene non si placa.

Presto, prometto a me stesso, mentre esco per esplorare la zona e impostare gli allarmi perimetrali. Presto riavrò la mia ptichka.

Per ora, può godersi la sua vita precedente.

"MAMMA!" MI CHINO SUL SUO LETTO, SORRIDENDO TRA LE lacrime. Ha gli occhi annebbiati a causa degli antidolorifici, ma sono aperti, e mentre le stringo dolcemente le dita intorno alla mano destra non ferita, le sue labbra screpolate si muovono.

"Sa-Sara?"

"Sono io, Mamma." Le lacrime mi rigano il viso senza controllo, e non mi preoccupo di asciugarle. Sono troppo sollevata, troppo felice.

Dopo un'intera nottata tra la vita e la morte, mamma si è svegliata.

"Ecco, bevi." Le porto una tazza con una cannuccia alle labbra, e lei beve un sorso prima di chiudere di nuovo gli occhi.

Le stringo la mano e guardo papà, che si è alzato in piedi dietro di me. Ha le guance bagnate, mentre fissa sua moglie.

"Ora starà bene, vero?" I suoi occhi sono cerchiati di rosso, ma speranzosi, mentre mi guarda, e annuisco, senza nascondere l'esultanza.

"I suoi organi vitali sono stabili e lo sono dalle ultime tre ore. Escludendo un'infezione, ce la farà."

Le dita di mamma si muovono nella mia mano, così la guardo e vedo che ha di nuovo gli occhi aperti.

"Sara, sei davvero tu...?" Sbatte le palpebre e cerca di concentrarsi nella persistente foschia dell'anestesia. "Tesoro, sei davvero tu o sto sognando?"

"Sono davvero qui, Mamma." La mia voce si incrina. "Sono a casa."

"È tornata, Lorna." Papà mi avvolge un braccio intorno alla vita, con un sorriso tremante e trionfante. "La nostra piccola Sara è tornata."

"Che cosa..." Comincia a tossire, e le do subito un altro sorso d'acqua. "Che cos'è successo?" Il suo sguardo confuso si sposta da me alle carrucole che le sostengono le gambe ingessate e il braccio sinistro, per poi tornare a concentrarsi su di me.

Papà sprofonda su una sedia vicino al letto, mentre mi asciugo le lacrime sul viso e dico con la massima fermezza: "Sei stata colpita lateralmente da un autista ubriaco, mentre andavi al supermercato. Hai delle costole rotte, le gambe sono fratturate in diversi punti e il braccio sinistro è praticamente schiacciato. Hai riportato anche alcune lesioni interne, che hanno reso necessari tre interventi chirurgici." Avrei potuto indorarle la pillola, ma mamma detesta essere trattata come una bambina, quando si tratta di questioni mediche importanti. Vuole sempre conoscere l'intera portata del problema nel modo più dettagliato possibile. Non dimenticherò mai come ha perseguitato i medici di papà, quando lui ha avuto l'infarto qualche anno fa.

Quando papà ha lasciato l'ospedale, ne sapeva più lei sulle sue condizioni e le opzioni di trattamento della maggior parte dei cardiologi.

Le sue labbra secche si muovono di nuovo. "No, intendevo dire..." Cerca di formare le parole. "Sei qui. Come hai...?"

"Peter mi ha riportata a casa, Mamma" dico sottovoce, stringendole di nuovo la mano. "Non appena abbiamo saputo dell'incidente, mi ha riportata a casa."

È un gioco pericoloso quello a cui sto giocando—mantenere la bugia (che ora è la verità) sul fatto di essere l'amante di Peter per i miei genitori, pur avendolo negato all'FBI. Ma non vedo alcun altro modo per spiegarlo. Peter tornerà a prendermi, e non posso far sì che i miei genitori lo ritengano un mostro, quando mi riporterà via. Per quanto sia rischioso, devono credere che siamo innamorati. E al tempo stesso, l'FBI deve credere che io sia la vittima di Peter. Non ho idea di come farò a gestire tutto questo, ma farò del mio meglio.

Non che papà mi creda per davvero. Mentre aspettavamo che mamma si svegliasse, mi ha sottoposta a un interrogatorio che ha fatto impallidire quello dell'FBI a confronto. Il suo obiettivo era quello di trovare delle falle nella fiaba che ho raccontato loro in tutti questi mesi e, nonostante i miei migliori sforzi, non si è del tutto convinto.

No, non sapevo che Peter fosse un ricercato, quando ci siamo conosciuti e abbiamo iniziato a frequentarci, ho detto a papà, ripetendo quello che avevo detto prima sul fatto di credere che il mio nuovo fidanzato fosse un imprenditore che lavorava per varie ditte negli Stati Uniti e all'estero. No, non sapevo che fosse nei guai con la legge, quando ho lasciato il Paese con lui, sebbene stessi iniziando ad avere dei sospetti. No, non è pericoloso come dicono; è tutto un grande fraintendimento. Infatti, lavora come imprenditore indipendente svolgendo attività di consulenza sulla sicurezza; è solo che alcuni dei suoi clienti non sono del tutto rispettosi della legge, e questo è ciò che lo ha messo nei guai con l'FBI. Sì, ci siamo incontrati per la prima volta in un locale notturno di Chicago e ci siamo frequentati in segreto per diverse settimane.

Sì, ha acquistato la mia casa tramite una società di comodo, come ha detto l'FBI. Perché? Perché pensava che mi sarei pentita di averla venduta così impulsivamente.

È stato difficile rispondere ad alcune domande. So che cosa ha raccontato l'FBI ai miei genitori sui presunti crimini di Peter: quasi nulla, invocando lo status di riservatezza del suo caso. Tuttavia, i miei genitori non sono stupidi, e hanno fatto qualche indagine per conto proprio. Le parti sul "sospetto terrorista" e sull'"aver ucciso delle persone" sono emerse da una conversazione tra gli agenti che papà ha ascoltato, ma in qualche modo ha collegato il mio rapimento ad un inseguimento ad alta velocità sull'I-294, durante il quale un elicottero della polizia è esploso, causando un enorme tamponamento e una rinnovata indignazione contro la violenza delle gang di Chicago.

"È successo la notte in cui sei scomparsa ed è finito sul notiziario per settimane" mi ha detto papà. "L'FBI non lo ha ammesso, ma so che è stato lui. Dev'essere così. Perché altrimenti avrebbero mandato un'intera unità delle Forze Speciali per recuperarti? Quell'uomo è pericoloso, e i Federali lo sanno. Non so se sia coinvolto con la droga, il terrorismo o altro, ma è un poco di buono."

E per quanto io abbia cercato di convincere papà che i presunti crimini di Peter sono semplici frodi e che non so nulla di quell'incidente interstatale (ed è vero, perché sono stata drogata durante il rapimento), si è rifiutato di credermi.

"Parlami di Marsha e dei Levinson" ho detto infine, cercando disperatamente di cambiare argomento. "Come mai erano lì con te?"

Per fortuna, questo ha funzionato, e per le due ore successive abbiamo parlato della vita dei miei genitori durante la mia assenza e di come i Levinson li abbiano aiutati a superare la crisi in diversi modi. E anche Marsha—a quanto pare, aveva iniziato a telefonare ai miei genitori ogni settimana, assicurandosi che stessero bene e chiedendo informazioni su di me.

"Non appena ha saputo che Lorna era stata portata al pronto soccorso, è venuta lì, procurandosi i migliori medici e aiutandoci a tagliare la burocrazia" ha detto papà, con gli occhi lucidi per le lacrime. "Se non fosse stato per lei, non so se tua madre sarebbe—" Ha fatto una pausa, lasciandosi sfuggire un respiro tremante, e l'ho abbracciato, sentendo il familiare senso di colpa e la vergogna, il disgusto per me stessa mescolato a una rinnovata rabbia nei confronti di Peter.

Sì, il mio tormentatore mi ha riportata a casa, ma prima mi ha rapita. Per mesi, mi ha tenuta lontana dalla mia famiglia. Non posso dimenticarlo. Avrei dovuto esserci *io* con i miei genitori, non Marsha e i loro amici. Avrei dovuto essere *io* ad assicurarmi che mamma ricevesse le migliori cure. Invece, ero in Giappone, ad innamorarmi dell'assassino di mio marito... lasciandolo penetrare nel mio cuore e nella mente, mentre mentivo ai miei genitori, più e più volte.

Vorrei detestare Peter per questo—per tutto, in realtà—ma odio solo me stessa. Mi odio perché già mi manca, perché essere a casa non ha ridotto nemmeno un po' il disperato desiderio di riaverlo. Lo voglio così intensamente che è come un dolore fisico; la pelle mi fa letteralmente male, quando penso a quanto desidero il suo tocco.

Presto, dico a me stessa, mentre mi chino per baciare mamma, che ha chiuso di nuovo gli occhi. Conosco Peter, non rimarrà lontano da me a lungo. Dovrei godermi questo periodo con la mia famiglia, invece di struggermi per l'uomo che mi riporterà via da loro.

Sono una pessima figlia, ma non devono saperlo.

Lo scopriranno abbastanza presto.

ara

A MEZZOGIORNO, FINALMENTE CONVINCO PAPÀ A TORNARE A casa e riposarsi, e rimango in ospedale con mamma, alternando tra il tenerle compagnia e il sonno in una branda che le infermiere hanno portato nella sua stanza. Ogni volta che esco per bere un caffè o per uno spuntino, molti uomini dal volto sospetto mi seguono. Agenti dell'FBI, molto probabilmente, anche se potrebbero essere poliziotti in borghese—non ho idea di come funzionino le loro giurisdizioni. Ovviamente non sono fuori dai guai, ma per ora mi stanno lasciando andare avanti con la mia vita, e sono grata per questo.

Non voglio trascorrere il poco tempo che mi rimane qui in prigione.

Marsha è entrata nella stanza di mamma dopo aver finito il turno, e dopo essermi assicurata che mamma stesse dormendo profondamente, ho lasciato che la mia amica mi convincesse ad andare al Patty per parlare un po'.

"Allora" dice, mentre ci sediamo al tavolo all'angolo. "Sei tornata."

"Sono tornata" confermo, poi faccio un gesto verso il cameriere. Sto tirando avanti quasi senza dormire mai, e ho voglia di qualcosa di veramente grasso e malsano. In generale, mi sento a pezzi, con tutto il corpo dolorante per la stanchezza e la schiena distrutta per aver passato la notte raggomitolata sulla branda dell'ospedale.

"Hamburger e patatine fritte, con formaggio extra e sottaceti" dico al cameriere quando arriva. "E faccia in fretta, per favore. Sto morendo di fame."

Marsha solleva le sopracciglia, ma non commenta la mia scelta. Così, ordina un'insalata greca e due birre, una per ciascuna di noi.

"Possiamo festeggiare il ritorno della figlia prodiga" dice, e cerco di ricambiare il sorriso, mentre il senso di colpa mi inonda di nuovo il petto.

"Grazie per aver tenuto d'occhio i miei genitori mentre ero via" dico, quando il cameriere se ne va. "Papà mi ha detto quanto tu sia stata di grande aiuto con mamma, e ti sono enormemente grata. Se c'è qualcosa che posso fare per te..."

Respinge i miei ringraziamenti muovendo una mano perfettamente curata. "Oh, per favore. È stato un piacere. Mi piacciono i tuoi, e mi dispiace davvero per quello che è successo a tua madre. Spero che si riprenda presto."

"Anch'io." Cerco di sorridere un'altra volta. "Allora, dimmi... come stai? E che mi dici di Andy e Tonya? Andy sta ancora con—"

"Oh, no, non ci provare." Marsha piega gli avambracci sul tavolo e si sporge in avanti, infilzandomi con lo sguardo. "Non parleremo di niente di tutto ciò, finché non mi dirai dove diavolo sei stata, chi è quest'uomo con cui sei scappata, e perché cazzo non ho saputo niente di lui, finché non sei scomparsa dalla faccia della Terra."

"Non sono scomparsa. Ho chiamato sempre i miei genitori, e—"

Mi interrompe con un altro movimento della mano. "Non fa differenza. Te ne sei *andata*. Non hai detto una parola a nessuno, nessun avviso per la tua clinica, hai abbandonato tutte le tue pazienti—compresa quella ragazza che aveva bisogno di un cesareo il giorno dopo. Oh, e l'FBI ci ha assillato per avere informazioni su di te per settimane. Se non è una sparizione questa, non—"

"Ok, ok, va bene. Hai vinto." Afferro la birra dal cameriere, mentre si avvicina al tavolo, ma mi bagno appena la labbra. Non solo sto subendo le conseguenze del jet-lag e della mancanza di sonno, ma c'è una possibilità che io possa essere incinta.

Mettendo giù il bicchiere, fisso il liquido marrone, cercando di scacciare tutti i pensieri su una possibile gravidanza, in modo da potermi concentrare. Non so quale versione della storia raccontare a Marsha: quella per l'FBI, in cui sono la vittima di Peter o quella che ho raccontato ai miei genitori, secondo la quale sono innamorata di un uomo che è coinvolto in qualcosa di losco, ma che è principalmente perseguitato ingiustamente dalle autorità.

"Stai tergiversando" dice Marsha, e sospiro, staccando gli occhi dalla birra.

"Hai ragione: sono sparita" comincio a dire lentamente, cercando ancora di decidere quale sarebbe la storia migliore per Marsha. "Hai parlato con i miei genitori, però, no? Devono averti detto che cos'è successo."

"Quello che sapevano, che non era molto." Marsha prende la sua birra. "E non aveva senso, con l'FBI che ci stava alle calcagna come i cani che rilevano le bombe."

"Uh-uh." Mi guardo intorno e vedo due degli uomini che mi

stavano seguendo fuori dall'ospedale a un tavolo sul lato opposto del bar. A tre tavoli di distanza dal nostro ci sono altri due dei miei stalker, e sono abbastanza sicura di aver già visto anche il ragazzo davanti al bar.

Beh, ho preso una decisione. I "cani che rilevano le bombe" sono qui, e non ho dubbi sul fatto che Marsha sarà interrogata poco dopo la nostra conversazione.

Anzi, non c'è alcuna garanzia che non stia lavorando per loro in questo momento.

Non appena quel pensiero mi sfiora, mi sento una terribile amica, ma questo non dissipa il sospetto. Ha troppo senso. Ci conosciamo da molti anni—conosco Marsha da quando ho iniziato il tirocinio presso l'ospedale—ma siamo sempre state più colleghe di lavoro che altro. Innanzitutto, Marsha è sempre stata single e a caccia, mentre io ero sposata e lavoravo ottanta ore a settimana. Non potevo mai accompagnarla alle uscite notturne tra ragazze che le piacciono tanto, e trovava noiose le attività come le cene di famiglia, quindi la nostra amicizia tendeva a ruotare attorno all'ospedale e le nostre conversazioni raramente andavano oltre il superficiale. È stata gentile e comprensiva dopo l'incidente di George, sempre pronta ad ascoltarmi durante una pausa caffè, ma non l'ho mai coinvolta negli aspetti più disordinati della mia vita.

Marsha è una buona amica, un'amica simpatica, ma non è il tipo di amica che avrebbe iniziato a chiamare i miei genitori frequentemente—non senza un piccolo incoraggiamento, almeno.

Un incoraggiamento che potrebbe facilmente essere venuto dall'FBI.

Certo, è possibile che io sia troppo stanca per poter pensare lucidamente—o questo oppure stare con Peter mi ha resa troppo paranoica. Eppure, nella remota possibilità che i miei sospetti siano giusti—o nell'ipotesi più favorevole ma meno probabile che Marsha menta all'FBI per me—decido di optare per la versione vittima della storia.

Sfortunatamente, questo significa che devo ricominciare dall'inizio e spiegarle di George. E siccome sono abbastanza sicura che l'FBI non vuole che riveli informazioni segrete, ho bisogno di essere creativa anche qui.

Mi fa male la testa al solo pensiero di tutte le mezze verità e bugie che dovrò continuare a sostenere.

Quando ho finito di raccontare l'inizio della storia, gli occhi di Marsha sono più grandi dell'hamburger che sto divorando. "George era sulla lista di quest'assassino russo? Perché? Che cosa—"

"Non ho mai scoperto tutti i dettagli, ma aveva a che fare con una storia sulla mafia di cui George si stava occupando." Decido di sfruttare la bugia originale dell'FBI come giustificazione per le azioni di Peter. "In ogni caso, ha fatto irruzione in casa mia, mi ha torturata con l'acqua e mi ha drogata per scoprire dove si trovasse George—e poi l'ha ucciso."

Lascio che Marsha metabolizzi, mentre mi infilo due patatine in bocca. Sto davvero morendo di fame. Quando vedo che sta per lanciarsi in ulteriori domande, dico: "Quindi, sì, è così che ci siamo conosciuti. Capisci perché non potevo dirlo ai miei genitori, vero?"

Annuisce, con il viso incredibilmente pallido sotto il fondotinta e l'insalata dimenticata davanti a lei.

"Bene" continuo. "Così, ho impiegato un po' a cercare di superare tutto questo, e poi mi hai invitata per una serata con Andy e Tonya. Siamo andate in quel locale in centro, ricordi? Quello con il simpatico barista che in seguito ha chiesto di me?"

Marsha annuisce di nuovo, ancora muta.

"A quel punto mi si è avvicinato un'altra volta" le dico. "Proprio lì in quel locale. Ecco perché Andy ha pensato che mi stessi comportando in modo strano, quando me la sono filata: ero appena stata avvicinata dall'assassino di mio marito, che mi aveva ordinato di incontrarlo il giorno successivo da Starbucks. E la situazione è precipitata da lì in poi. Aveva installato delle telecamere in tutta casa mia, mi seguiva ovunque andassi e quando provavo a scappare in un albergo si presentava nella mia camera, e... Beh, non importa." Lascio che sia Marsha a tirare le sue conclusioni—che, a giudicare dall'orrore sul viso, sono di gran lunga peggiori di quello che è realmente accaduto.

Mi sento orribile—l'istinto è quello di proteggere la mia amica dal pericoloso casino della mia vita, come ho protetto i miei genitori—ma questo è quello che ho raccontato all'FBI e devo rispettarlo. Inoltre, è tutto vero, o almeno credibile. L'unica parte che sto trattenendo è la mia confusione su tutto questo—la mia riluttante attrazione per l'uomo che avrei dovuto odiare e disprezzare.

Un'attrazione che è cresciuta diventando molto di più.

"Oh Dio, Sara..." Marsha sembra sul punto di vomitare la poca insalata che ha consumato. "Mi dispiace così tanto, tesoro. Non ne avevo idea. E questo... questo *mostro*—poi ti ha rapita?"

"Dopo alcune settimane, quando l'FBI ha scoperto che si trovava nella zona, sì. Prima di allora, mi ha lasciata andare avanti con la mia vita, e lui era solo... all'interno di essa." Faccio un cenno al cameriere per avere dell'acqua, dato che non riesco a bere la birra. Ho sete e mi sento stranamente stordita, come se avessi già bevuto alcol.

In generale, mi sento malissimo, con il dolore nella parte bassa della schiena che si sta intensificando insopportabilmente e lo stomaco che brontola dopo tutto quel cibo così grasso. Sento anche caldo e vorrei piangere—dev'essere dovuto allo stress che sta avendo la meglio.

"Non capisco" dice Marsha, mentre faccio un respiro profondo nello sforzo di schiarirmi le idee. "Perché l'ha fatto? Perché proprio te? È solito rapire le donne? Aveva un intero harem di vittime—dove ti ha portata?"

"In Giappone, e no. Per quanto ne so, sono l'unica a cui

abbia mai fatto questo. Riguardo al perché, beh, perché alcuni uomini fanno questo?" Le rivolgo un sorriso incerto. "Era ossessionato da me, credo. Comunque sia, alla fine si è stancato, ed eccomi qui."

Marsha sta fissando la cicatrice sulla mia fronte. "È stato lui a provocarti quella?" Si tocca la fronte, con voce tesa. "Ti ha fatto del male?"

"No, quella cicatrice è dovuta a un incidente d'auto, quando ho provato a fuggire e sono andata a sbattere con la macchina" spiego. "In generale, non mi ha fatto davvero del male. A parte il sequestro e l'omicidio di George, mi ha trattata abbastanza bene."

"Bene. Questo è... positivo, credo." La voce di Marsha trema, mentre si allunga verso la birra. Noto che anche la sua mano è instabile, e un rinnovato senso di colpa mi dilania. Vorrei poterle raccontare tutto, farle capire quanto Peter sia complicato, come possa essere crudele e gentile allo stesso tempo. Come stare con lui sia stato meraviglioso e terrificante, come fare un giro sulle montagne russe senza freni.

Vorrei poterle dire tutta la contorta verità, ma non posso, così mi stampo un bel sorriso di plastica sul viso e mi scuso per poter andare al bagno. Il mio stomaco borbotta così forte che sto iniziando ad avere i crampi, e sto sudando nonostante il freddo che entra nel bar dalla porta aperta.

Quando entro nel bagno piccolo e sporco, la sensazione di crampi si intensifica, e un improvviso sospetto mi sfiora la mente, bloccandomi il respiro nei polmoni.

Potrebbe essere così? Finalmente mi sono venute le mestruazioni?

Quando controllo, trovo una macchia di sangue nelle mutande. Il ciclo—con più di una settimana di ritardo—è finalmente iniziato. Ecco perché mi sento così di merda: è il primo giorno, e ho tutti i sintomi, dal dolore lombare e le vampate di calore al malumore e i crampi.

È ufficiale.

Non sono incinta.

Io e Peter non avremo un bambino.

Dovrei sentirmi sollevata, ma mentre fisso quella macchia marone-rossiccia, essa cresce nella mia vista, colorando il mio mondo con la stessa maledetta tonalità. Tremando, mi premo il pugno sulla bocca, ma non riesco a contenere il singhiozzo che mi sale nella gola, né quello che segue. Per quanto possa sembrare folle, mi sento come se avessi perso qualcosa, come se una parte perversa di me non solo si fosse abituata alla possibilità di un bambino, ma lo stesse anche aspettando con ansia.

Quel bambino—quello che ero così sicura di non volere—non è mai esistito al di fuori delle mie paure, eppure sento la sua perdita come se avessi abortito.

"Va tutto bene?" chiede Marsha, quando esco dal bagno una ventina di minuti dopo, e annuisco, senza preoccuparmi di nascondere gli occhi gonfi e il viso chiazzato, mentre mando giù la birra ormai calda. So cosa sta pensando: raccontare la storia del mio rapimento mi ha resa emotiva, ricordandomi il trauma di ciò che ho passato. E glielo lascio pensare, perché questo è meglio della verità.

È meglio che non sappia che, nonostante ciò che ha fatto Peter—nonostante i crimini orribili che ha commesso, sia contro di me che contro altri—sono ossessionata da lui tanto quanto lui lo è da me.

Per quanto sia sbagliato, ora appartengo a lui, con la mente, il corpo e il cuore.

15

P*eter*

LA SETTIMANA CHE PRECEDE L'INCONTRO CON NOVAK È TRA LE più lunghe della mia vita. Incrementiamo le nostre provviste, ci procuriamo più armi e intensifichiamo l'allenamento quotidiano, spingendoci fino al punto dell'esaurimento totale, ma questo non è sufficiente a far passare le ore più velocemente. Ogni giorno sembra un mese, ogni notte una lotta senza fine per dormire senza Sara al mio fianco. Se non fosse per i rapporti quotidiani degli uomini che ho ingaggiato per sorvegliarla, sarei già sull'aereo per gli Stati Uniti, e avrei mandato all'aria il bisogno dei suoi genitori di rivederla e il mio piano.

Non che i rapporti siano poi così approfonditi. L'FBI è alle calcagna di Sara, la segue ovunque, e i miei uomini devono restare in disparte, cercando di non attirare l'attenzione. A parte l'evidente pericolo per loro, non sarebbe una buona cosa per Sara, se l'FBI sapesse che sono ancora interessato a lei. Grazie ai nostri hacker che sono entrati nei file di Ryson, so che cosa gli ha detto Sara, e non voglio minare alcun aspetto della sua storia. Gli agenti devono credere che mi sia stancato di lei e che l'ho lasciata andare per sempre; altrimenti la nasconderebbero e probabilmente la condannerebbero per aiuto e favoreggiamento. L'unico motivo per cui non l'hanno ancora fatto è la connessione della famiglia di Sara. Tra i contatti dei media del suo defunto marito e gli amici dell'avvocato dei suoi genitori con i legami a Washington, questo caso ha il potenziale per i titoli nazionali—cosa che molti individui di alto livello, compreso Henderson, stanno cercando disperatamente di evitare.

Per ora, Sara è al sicuro, ma non lo sarà a lungo, se scoprono che mente.

Ad ogni modo, mentre era via, l'FBI ha trovato tutte le telecamere e i dispositivi di ascolto che avevo installato in casa sua, e dopo essere comparsa così casualmente a seguito dell'incidente di sua madre, hanno pensato di controllare anche la casa dei genitori. Quindi, tutto quello che ho ora sono le note dell'FBI che i nostri hacker mi mandano, e i rapporti generici sui suoi movimenti da parte degli uomini che ho assunto per seguirla. Non è abbastanza, e mi sento malissimo a causa del bisogno di sapere che cosa sta facendo, come si sente, a cosa sta pensando.

Se prima ero ossessionato da lei, ora che l'ho tenuta con me per tutti questi mesi sembra più una dipendenza fisica.

"Fanculo, torna a prenderla" mormora Anton, asciugandosi il sangue dalle labbra, dopo che gli ho dato un pugno troppo violento durante una sessione di allenamento. "Oppure prenditi un calmante. Davvero, amico, non riesci a stare qualche giorno senza pestarmi?"

Per questo, lo colpisco direttamente al plesso solare, e quando si china, ansimando come un pesce fuor d'acqua, afferro un giubbotto appesantito e vado a correre per evitare di ucciderlo. So che il mio amico ha ragione—sto davvero impazzendo, e ho scaricato l'ira sui ragazzi—ma questo non riduce la rabbia e la frustrazione. Non dormo per una notte intera da... beh, dall'incidente di Sara, ora che ci penso. Gli incubi sulla morte della mia famiglia—quelli che erano quasi scomparsi grazie a Sara—sono tornati, solo che ora sono accompagnati da un sogno ancora più terrificante in cui la perdo.

È la mia realtà notturna, e ogni volta che mi sveglio, in preda al sudore freddo, cerco il rapporto più recente su di lei, rileggendolo più volte per assicurarmi che si sia trattato solo di un sogno, che la mia ptichka sia viva e vegeta senza di me.

Dato quello che sto per fare, è molto più sicura a casa di quanto non sarebbe al mio fianco.

È quest'ultimo pensiero a permettermi di andare avanti, di resistere all'impulso di fare esattamente quello che ha detto Anton e di rapirla nuovamente sotto al naso dei Federali. Potrei farlo—i loro agenti non sono alla mia altezza, né a quella della mia squadra—ma la madre di Sara non sta ancora bene e Sara mi odierebbe, se la portassi via dalla sua famiglia così presto. Inoltre, ho in mente un obiettivo completamente diverso, e per raggiungerlo devo seguire questo percorso, a prescindere da quanto possa essere difficile.

Devo credere che alla fine ne sarà valsa la pena.

16

ara

Una settimana senza Peter.

Sembra surreale, come un sogno dal quale sto aspettando di svegliarmi. O forse è il fatto che io non dorma bene a dare ai miei giorni questa strana qualità simile a un sogno. In un certo senso, è come se fossi entrata in una macchina del tempo—sono in un ospedale, in attesa che una persona cara si riprenda da un debilitante incidente d'auto. Solo che allora era George il paziente, e lui non riuscì mai ad uscire dal coma.

La prognosi di mamma è decisamente migliore. I medici hanno fatto un buon lavoro nel ricucirla, e le ferite non si sono infettate. È ancora immobilizzata con tutti i gessi, e forse non riacquisterà mai il pieno utilizzo del braccio sinistro—troppi nervi e tendini sono stati danneggiati lì—ma una volta che le gambe rotte saranno guarite, con la necessaria fisioterapia dovrebbe riprendere a camminare.

Papà è al settimo cielo, sia per la prognosi di mamma che per il fatto che sono a casa. Ogni volta che entra nella sua stanza e mi trova seduta accanto al capezzale, gli trema la bocca, come se stesse per piangere, ma sorride gioiosamente.

"Continuo a pensare che sparirai" confessa, quando ci sediamo per cenare nella mensa dell'ospedale. "Che se mi allontanassi per un secondo, non ti rivedrei *più*." Apre le mani in un movimento simile a quello di un mago. "Un attimo prima ci sei, quello dopo no."

"Oh, Papà..." faccio una smorfia e guardo il piatto, inforcando la pasta con una posata di plastica. Il senso di colpa mi sta mangiando viva, perché questo è esattamente quello che succederà nel futuro prossimo, non appena Peter saprà che mia madre si è ripresa abbastanza. Sforzandomi, riesco ad alzare la testa e a sorridere a mio padre. "Ti prego, non ti preoccupare. Va tutto bene, ok? Sono qui, ed è tutto a posto."

So di sembrare evasiva—papà mi ha accusata per tutta la settimana—ma è difficile essere convincenti mentre ci si destreggia tra bugie, mezze verità e fatti che ho condiviso con persone diverse. La storia per i miei genitori e i loro amici è che Peter è il mio amante, e che mi ha riportata a casa nonostante il "malinteso" in corso con l'FBI, perché mi ama e vuole che ci sia per mamma. L'implicazione qui è che un giorno i problemi legali di Peter saranno finiti e, a quel punto, potremo essere felici insieme.

Al contrario, l'immagine che sto dipingendo per l'FBI e tutti gli altri è quella di un mostro che mi ha rapita per un capriccio, e che alla fine si è annoiato abbastanza da lasciarmi andare. L'unica ragione per cui riesco a conciliare le due storie è che i Federali non vogliono che i miei genitori—o chiunque altro—sappiano del ruolo di George in tutto questo. E questo è legato agli eventi che hanno spinto Peter sul cammino della vendetta. Quel giorno al bar, dopo aver parlato con Marsha, Ryson mi ha portata di nuovo nel suo ufficio in centro, e mi ha ordinato senza troppo preamboli di tenere la bocca chiusa, confermando il mio sospetto sul coinvolgimento di Marsha con l'FBI.

Il bar era troppo rumoroso affinché gli agenti potessero ascoltare la nostra conversazione, quindi l'unico modo in cui lui abbia potuto sapere esattamente quello che le avevo detto è che lei gliel'abbia riferito immediatamente, o magari abbia persino indossato una cimice.

Naturalmente, ho finto di essere contrita e ho promesso di essere più discreta. E in cambio, mi sono fatta promettere che i Federali terranno le bocche chiuse con i miei genitori, senza far nulla che possa dissipare il racconto meno preoccupante che ho creato per loro.

"Come sai, il cuore di mio padre è debole, e non c'è bisogno di stressarlo facendogli sapere che sono stata costretta a mentire a tutti loro in questi mesi" ho detto a Ryson, e l'agente è stato d'accordo.

Penso che abbia estorto un voto di silenzio anche a Marsha, perché quando ho incontrato Andy nel corridoio, non sapeva più di quello che doveva aver già sentito.

"Che cos'è successo?" ha chiesto, guardandomi con impassibile curiosità e confusione. "Sei scomparsa all'improvviso un giorno, e l'FBI era dappertutto, a interrogare tutti noi. La gente diceva che eri fuggita con un criminale."

"È una lunga storia" ho detto, rivolgendole un sorriso sconfortante. "Forse un giorno di questi possiamo vederci e parlarne. Ora, mamma mi sta aspettando..."

"Oh, certo." Ha cercato di nascondere l'evidente delusione. "Marsha mi ha detto cos'è successo a tua madre. Mi dispiace tanto. Spero che si riprenda presto."

"Lo farà, grazie. Ci vediamo." L'ho salutata e ho continuato a camminare lungo il corridoio, cercando di non pensare a quanto mi sentissi fuori luogo qui, in quest'ospedale che una volta era la mia seconda casa.

Quanto mi sento persa e sola senza Peter.

Presto, dico a me stessa. Tornerà presto a prendermi. Tutto quello che devo fare è aspettare.

E respingendo il senso di colpa che deriva da quel pensiero, mi stampo un sorriso luminoso sul volto ed entro nella stanza di mamma.

 eter

INCONTRIAMO DANILO NOVAK IN UN BAR DI BELGRADO, UN luogo moderno ed elegante, che è stato interamente rilevato dagli uomini del trafficante d'armi serbo. A parte i due giovani baristi dietro al bancone bianco lucente, ogni persona nel bar è armata fino ai denti—e, per quanto ne so, lo sono anche i bei baristi adolescenti.

Anton sta dando la copertura—una precauzione nel caso le cose dovessero andare male—ma i gemelli sono con me.

Entrando, ci fermiamo e valutiamo la situazione.

Novak è seduto a un tavolo rotondo in mezzo al bar. È un luogo progettato per farci sentire a disagio—saremo circondati da tutti i lati—ma sorrido al trafficante d'armi, mentre ci facciamo strada.

"Bel posto" dico in russo, partendo dal presupposto che è più probabile che parli la mia lingua madre che l'inglese. "È tuo?"

Le labbra sottili di Novak si contraggono ai lati. "Proprio così. Sono contento che ti piaccia." Il suo russo è accentato, ma fluente come sospettavo. Certo, potrei parlargli in serbo—conosco la maggior parte delle lingue dell'Europa dell'Est, così come l'arabo e alcune altre—ma preferirei non rivelare che comprendo la sua lingua madre.

Quando si ha a che fare con uomini come Novak, ogni piccolo vantaggio conta.

Si appoggia, studiandomi con una particolare mancanza di interesse. Novak, un uomo alto e magro sui quarantacinque anni, con una leggera stempiatura e gli occhiali spessi, sembra un incrocio tra un ragioniere e un professore di matematica. Solo gli occhi tradiscono ciò che è realmente—inespressivi e chiari, sembrano quelli di una lucertola... o di uno spietato assassino.

I nostri hacker sono riusciti a trovare pochissime informazioni su quest'uomo. È apparso dieci anni fa, apparentemente dal nulla, e da allora ha costruito un impero illegale di armi nell'Europa Orientale, eliminando i rivali con una rapidità e spietatezza che ho visto solo una volta—con Julian Esguerra, l'uomo che Novak vuole che uccidiamo.

L'unico trafficante d'armi rimasto la cui impresa criminale superi quella di Novak.

"Allora" dice, quando lo guardo con fare altrettanto distaccato. "Sei Sokolov."

Annuisco freddamente, senza cambiare espressione, e vedo che i gemelli sembrano altrettanto calmi. Questi giochini non funzionano con noi, e farebbe bene ad impararlo.

"Accomodatevi." Fa un gesto verso le due sedie vuote che rimangono vicino al suo tavolo.

Non mi muovo, e non lo fanno nemmeno Yan e Ilya. Questo è un altro piccolo test, un modo per vedere chi è il meno importante, il meno prezioso per la squadra. Tre di noi, due sedie—i conti non tornano, e lui lo sa. Qualcuno dovrà rimanere in piedi, ricoprire il ruolo del terzo incomodo, e non lo permetterò.

Non seminerà la discordia tra noi. Non glielo lascerò fare.

I suoi occhi impassibili mi studiano per alcuni lunghi secondi; poi, fa un cenno verso uno degli scagnozzi all'altro tavolo. "Victor. Un'altra sedia per i nostri ospiti, per favore."

Aspetto che Victor porti la sedia, e poi mi accomodo. I gemelli seguono il mio esempio. Il volto di Ilya è di pietra, ma Yan sembra divertito. Capisce l'importanza di questi piccoli giochi di dominio, conosce la necessità di stabilire il giusto tono nella fase iniziale.

I baristi adolescenti vengono a prendere i nostri ordini per un drink, ma non prendo niente. Ilya e Yan fanno lo stesso.

"Non abbiamo sete" dico con calma, e la bocca di Novak si contrae di nuovo.

"Non ho motivo di avvelenarvi" dice, e faccio spallucce, ignorando la sua rassicurazione per la stronzata che rappresenta. Ci sono molte sostanze che si possono usare, dai farmaci che alterano la mente ai veleni ad azione così lenta che i sintomi non si manifestano per settimane o mesi. Potrebbe facilmente infilare qualcosa di mortale nella mia bevanda, e me ne andrei da qui senza rendermene conto, se non dopo aver completato il lavoro per lui.

Solo dopo essere ormai diventato inutile per lui.

"Allora" dice Novak, quando vede che non ho intenzione di cambiare idea. "Esguerra."

Incrocio le braccia sul petto e lo guardo. Finalmente, stiamo arrivando al punto cruciale di questo incontro.

"Hai lavorato per lui" continua Novak, mentre uno dei baristi porta il suo drink—uno scotch pregiato, a giudicare dall'odore e dal colore.

"Sì" confermo. Mi aspettavo che lo sapesse, e lo sa. Chiaramente si è informato su di me. "È un problema?"

"Non lo so. Lo è?" I suoi occhi chiari mi penetrano.

"Non ci siamo lasciati nel migliore dei modi. Anzi, ha giurato di uccidermi, se mai avessi incrociato di nuovo il suo cammino. Ma lo sai, non è vero?" Rivolgo un sorrido freddo a Novak. "Non è per questo che mi hai contattato? Perché sono nella condizione speciale di esser stato nella cerchia ristretta di Esguerra?"

Novak non batte ciglio. "Sì. Ho sbagliato a farlo? La tua squadra è in grado di fare quello che sto chiedendo?"

"Dipende." Sciolgo le braccia e mi chino in avanti. "Quali sono le risorse in gioco di cui hai parlato? Quelle che ci aiuterebbero a portare a termine questo lavoro?"

"A parte te e la tua conoscenza della tenuta di Esguerra?" Gli occhi di Novak brillano, mentre guarda i gemelli, che sono rimasti stoicamente in silenzio fino a questo momento. "Presumo che i tuoi uomini siano affidabili."

Lo guardo, senza preoccuparmi di fornirgli una risposta.

Un sorriso gli fa contrarre nuovamente le labbra sottili. "Bene. Potrei avere qualcuno all'interno. Non c'è bisogno che tu sappia di chi si tratta ancora. Ti dico solo che alcune cose potrebbero essere organizzate in determinati momenti, permettendoti di portare a termine la tua parte."

L'irritazione prende il sopravvento. Non mi sta dicendo niente di cui non sospettassi già. Mantenendo l'espressione immutata, mi alzo in piedi. "In tal caso, puoi trovarti un'altra squadra" dico, mentre Yan e Ilya seguono il mio esempio.

Mi volto verso l'uscita, solo per ritrovarmi davanti ai sicari di Novak, con le armi spianate e i volti feroci.

"Non così in fretta" dice Novak dolcemente. "Abbiamo ancora molte cose di cui discutere."

Mi giro per guardarlo, ignorando l'artiglieria alle mie spalle. "Non abbiamo niente di cui discutere" dico in modo uniforme. "Non affido la sicurezza della mia squadra a vaghe rassicurazioni su aiuti da parte di fonti sconosciute. Se dobbiamo svolgere questo lavoro, dobbiamo sapere tutto, fino al più piccolo supporto logistico. Ecco come operiamo; è per questo che abbiamo tanto successo. Se vuoi i nostri servizi, ci dirai tutto—altrimenti ce ne andiamo e ti trovi qualcun altro."

I suoi lineamenti si contraggono. "Stai commettendo un errore, Sokolov. Non sono il tipo con cui scherzare."

Mostro i denti per un sorriso privo di umorismo. "Non lo è nemmeno Esguerra, eppure eccoci qui."

Mi fissa, poi piega la testa da un lato. "Lasciateli passare" ordina, e mi volto per vedere il muro dei sicari che si divide, con le armi abbassate, ma le posture tese. Non vuole che la situazione degeneri, e sono contento. Il fucile da cecchino di Anton probabilmente avrebbe eliminato tre o quattro uomini di Novak, e noi tre avremmo potuto farne fuori altri sette o otto facilmente, ma i proiettili che volano non sono mai una buona cosa. I giubbotti antiproiettile ultrasottili che indossiamo sotto i vestiti non ci proteggerebbero da un colpo alla testa, e per quanto siamo abili, non siamo immuni al piombo.

"Stai commettendo un errore." Novak alza la voce, mentre ci dirigiamo verso l'uscita. "Ricordati le mie parole, Sokolov. Stai commettendo un grosso errore."

Non rispondo, e usciamo nella strada trafficata, confondendoci con i pedoni, mentre torniamo al nostro punto d'incontro.

∽

"NON CI DIRÀ NIENTE" DICE ANTON, QUANDO GLI RACCONTIAMO quello che è successo durante la cena in un ristorante locale. "Abbiamo perso tempo. Qualunque sia la risorsa che ha nella tenuta di Esguerra, dev'essere quello il vero affare, se lo sta proteggendo così attentamente. Non ha intenzione di dirci di cosa si tratta, quindi tanto vale voltare pagina. Hai visto le altre offerte che abbiamo ricevuto recentemente, no? Non sono male nemmeno quelle. Optiamo per quelle, e faremo altri cento milioni. Non abbiamo bisogno di Novak e della sua merda segreta."

Annuisco, tagliando la bistecca. "Sono d'accordo. Concentriamoci su altri lavori."

Yan solleva le sopracciglia. "Davvero? Faremo così?"

Incrocio il suo sguardo. "Non ci faremo coinvolgere alla cieca, e Novak non fornirà ulteriori dettagli, quindi abbiamo finito qui. È un problema? Perché ho avuto l'impressione che non fossi contento, quando volevo accettare questo lavoro."

Yan mi fissa, e io faccio altrettanto, con espressione calma. Sento la tensione crescere tra noi, ma non posso permettermi di non giocare a questo gioco.

Per quanto ne so, c'è solo una strada da seguire per me e Sara, e questa è la nostra miglior occasione.

"Penso che Peter e Anton abbiano ragione" dice Ilya, infrangendo lo scomodo silenzio. "Non abbiamo bisogno di questo lavoro. È troppo rischioso. Facciamo qualche altro lavoro."

Metto un pezzo di bistecca in bocca, la mastico e ingoio. "È deciso, quindi" dico e bevo l'acqua. "Abbiamo finito qui. Domani mattina, voleremo a casa."

RIMANGO SVEGLIO, ASCOLTANDO E ASPETTANDO, E ALLE QUATTRO del mattino lo sento.

Il leggero clic della serratura della camera d'albergo e il cigolio dei cardini, quando la porta inizia a muoversi.

Reagisco istantaneamente, con il corpo che scatta come una molla tirata. In un batter d'occhio, l'intruso è in ginocchio, con il mio braccio intorno al collo, mentre mi accovaccio dietro di lui, con una pistola sulla sua tempia.

Sta soffocando e si contorce, cercando di scappare, ma non

ha la forza per colpirmi o buttarmi giù, e ogni movimento non fa che esaurire la sua riserva d'aria.

"Chi ti ha mandato?" chiedo, quando i suoi frenetici sforzi iniziano a indebolirsi. "Perché sei qui?"

Allento la presa quel tanto che basta per lasciargli un po' d'aria. Riprende a combattere, così stringo di nuovo il braccio, privandolo completamente della riserva d'aria. Questa volta, resiste solo pochi secondi, e allento la presa appena prima che perda conoscenza.

"Chi ti ha mandato?" ripeto, e finalmente comprende la saggezza di collaborare.

"No-Novak" si strozza con voce rauca.

"Perché?" insisto, senza lasciarlo andare. So già che cosa dirà, ma voglio comunque sentirlo da lui.

"Lui... vuole vederti" esclama il criminale. "Solo te, nessun altro."

Stringo la presa, come se fossi arrabbiato, ma poi lo lascio andare e mi alzo, spingendolo contemporaneamente in avanti, a faccia in giù sul pavimento. Mentre manda giù l'aria e si sforza di mettersi carponi, accendo la luce e infilo la giacca e gli stivali invernali. Il resto degli abiti li indosso già, visto che mi aspettavo una visita del genere.

"Hai vinto" dico allo scagnozzo, quando mi fissa, mentre si schiarisce la voce con risentimento e si alza in piedi. "Fammi strada."

La mia scommessa di soggiornare in un hotel di Belgrado ha dato i suoi frutti. È giunto il momento di vedere quale asso nasconde Novak nella manica.

UNA LIMOUSINE NERA CI STA ASPETTANDO ALL'INGRESSO dell'hotel, e, quando salgo all'interno, vedo Novak lì.

"Non è stato molto carino da parte tua" dice, quando lo scagnozzo si sistema accanto a noi, sfregandosi ancora la gola e fissandomi come se volesse incenerirmi sul posto. "Victor stava semplicemente comunicando il mio educato invito."

"Facendo irruzione nella mia stanza nel cuore della notte?"

Il trafficante d'armi si stringe nelle spalle. "Non voleva bussare e rischiare di svegliare i tuoi colleghi nelle stanze vicine."

"Capisco." Gli rivolgo un sorriso gelido. "Molto premuroso da parte di Victor."

Novak ricambia il sorriso. "Sono sicuro che non sei rimasto troppo sconcertato, vista la tua professione. Ora, perché non mettiamo da parte il problema del mio invito e ci concentriamo sulla questione davvero importante?"

"Naturalmente." Mi appoggio, allungando le gambe per incrociarle sulle caviglie. "Continua pure."

Novak mi studia per alcuni lunghi momenti, poi dice bruscamente: "Non mi fido dei tuoi uomini. So che *hai* una storia con Esguerra, ma loro non hanno motivo di eliminarlo."

"A parte cento milioni di euro, vuoi dire?"

"*Sono* un sacco di soldi" concorda. "Ma la tua squadra non fa del male per denaro, da quello che ho sentito dire. Che cos'hai detto? Qualche altro lavoro, e avrete cento milioni?" I suoi occhi da lucertola brillano alla luce del lampione.

Rimango inespressivo, senza mostrare né sorpresa, né sgomento. È facile, perché non provo nessuna delle due emozioni. Sapevo che c'era una concreta possibilità che potessero ascoltarci in quel ristorante, e ho sfruttato le probabilità, calcolando ogni singola parola per ottenere questo preciso risultato.

"Come mai sono qui allora?" chiedo, quando Novak continua a fissarmi. "Se non ti fidi di noi o delle nostre motivazioni, perché ti sei rivolto a noi... e perché mi hai trascinato qui stasera?"

"Non ho detto che non mi fido delle *vostre* motivazioni." Le sue labbra sottili si incurvano. "Conosco tutta la storia del tuo rapporto con Esguerra. Hai fatto bene il tuo lavoro—gli hai addirittura salvato la vita—e per questo, sei finito sulla sua lista di merda. Non puoi esserne felice, ne sono sicuro. E ora hai la possibilità di pareggiare i conti e di guadagnare un po' di soldi nel farlo."

Rilasso leggermente le spalle, come se fossi sollevato. "È molto perspicace da parte tua."

L'espressione di Novak non cambia, ma percepisco la sua soddisfazione. Indubbiamente si vanta di essere un buon giudice delle persone, e in questo momento è fiero di sé per aver svolto le sue ricerche ed essere giunto alle giuste conclusioni. Potrebbe anche essere a conoscenza della mia rottura con Kent dopo l'incidente con Sara, e potrebbe aver corrotto qualcuno della clinica per origliare e sorvegliare la mia squadra, mentre eravamo lì. Ciò spiegherebbe la buona tempistica della sua offerta.

Ha agito non appena ha scoperto che il mio ultimo legame rimanente con l'organizzazione di Esguerra era stato reciso.

Naturalmente, se la sua ricerca è così approfondita, sa anche di Sara. Questo mi preoccupa, ma spero che creda nella storia che lei sta raccontando all'FBI: che mi sono stancato di lei, che la cicatrice sulla fronte in qualche modo l'ha resa meno attraente per me. Sicuramente, quello che ho fatto—lasciarla andare e rischiare di non riuscire più a recuperarla—è qualcosa che un uomo del nostro mondo non farebbe mai, quando è ancora interessato alla donna che ha rapito.

La mia relazione forzata con Sara non è così insolita nei circoli di Novak, ma il fatto di averla lasciata andare quando la voglio ancora, lo *è*. È questo il motivo per cui è più sicura a casa sua.

Se Novak sapesse che cosa provo realmente per Sara, la userebbe per fare pressione, e non posso permetterlo.

"Allora" dice, quando il silenzio si prolunga per uno scomodo minuto di disagio. "Suppongo che tu voglia il lavoro."

Inclino la testa. "Sì, ma non importa quello che voglio. Non brancolerò nel buio. Non è questo il modo in cui opero, e per quanto vorrei vedere Esguerra morto, non sono disposto a suicidarmi perché questo avvenga."

Novak mi studia per un altro lungo minuto, poi dice: "Va bene. Ecco cosa sono disposto a rivelarti a questo punto. La risorsa che ho non può essere ancora attivata. Mi occorreranno circa otto mesi per prendere gli accordi appropriati. Prima devono accadere alcune cose."

"Otto mesi?" Solo l'allenamento mi consente di mantenere

un'espressione immutata, mentre le viscere si contorcono per lo shock delle sue parole.

Otto mesi prima di poter risolvere la questione.

Otto dolorosi mesi senza Sara.

Novak annuisce. "Potrebbe essere un po' prima, ma non c'è alcuna garanzia. In ogni caso, questo dà a te e alla tua squadra tutto il tempo necessario per stabilire un piano d'azione."

Mando giù la rabbia che mi ribolle nella gola. "Non c'è alcun piano, se non conosciamo i dettagli di ciò che abbiamo in mente" dico in modo uniforme. "Dov'è la tua risorsa? Nella tenuta di Esguerra o altrove? Che cos'è esattamente che ti aspetti che facciamo che la tua risorsa non possa fare da sola? Se c'è qualcuno al suo interno, perché non fai portare a termine il lavoro da lui? Immagino che possa avvicinare Esguerra."

"Non ancora, ma lei lo farà." Novak nota il mio involontario battito di ciglio con evidente soddisfazione. "Sì, questa è un'altra cosa che sono disposto a rivelarti: la mia risorsa è una donna. Potrà anche avvicinare Esguerra, ma non ha né le capacità, né la predisposizione per eseguire il compito. Tuttavia, può essere nel posto giusto al momento giusto, fornendo una distrazione, disattivando alcune misure di sicurezza, eccetera. I dettagli dell'aiuto li avremo quando lei sarà lì e potrà valutare la situazione, ma stai tranquillo, *avrai* qualcuno all'interno."

Lo fisso, sconvolto. Queste informazioni non sono ancora sufficienti, ma ho la vaga sensazione che se questa volta me ne andassi, Novak non si avvicinerebbe una seconda volta. Inoltre, dato quello che ha rivelato finora, potrebbe essere un proiettile a farmi visita la prossima volta, non uno dei sicari di Novak. Non sono troppo preoccupato per questa possibilità—sono abituato alle persone che mi sparano—ma Sara è vulnerabile, e non posso rischiare che Novak la prenda al posto mio.

È improbabile, visto lo scenario "si è stancato di me" che lei ha dipinto per l'FBI, ma non posso rischiare.

"Allora, fammi capire bene" dico, sporgendomi in avanti. "Ci sarà una donna all'interno, ma non molto prima di otto mesi a partire da oggi. Non è in grado di sporcarsi le mani da sola, ma fornirà assistenza, facilitando il nostro compito." Al suo cenno col capo, gli chiedo: "Perché non puoi metterla sul posto prima? Che cosa cambierà nei prossimi otto mesi?"

"Dovrai aspettare per scoprirlo" continua Novak. "In questo momento, c'è ancora una possibilità che io non sia in grado di posizionare la risorsa come previsto. Se alcune cose non andranno come dovrebbero, forse dovremo attendere un'altra occasione—questo, oppure la tua squadra non riceverà assistenza." Mi guarda in attesa, e scuoto la testa.

"No. Non succederà. Esguerra ha strati su strati di sicurezza nella sua tenuta. Lo so, perché l'ho aiutato ad installarli. E sì, anche se so di cosa si tratta, non potrei aggirarli. Sono stati progettati per essere impenetrabili. L'unica via d'accesso è un aiuto dall'interno, e se non puoi fornirlo..." Alzo le spalle, mostrando i palmi vuoti.

Novak annuisce. "Giusto. Lo immaginavo. Quindi, capisci il valore della mia risorsa. Una volta posizionata lì, Esguerra *avrà* una falla nella sicurezza. Tuttavia, ci vorrà del tempo."

"Non c'è modo di accelerare la procedura?" Credo di conoscere la risposta, ma decido di chiedere lo stesso.

"No. Ho provato con altri all'interno, ma sono tutti troppo leali—o troppo spaventati da Esguerra. La risorsa è l'unica speranza. Tuttavia, la tempistica è quella che è."

Metabolizzo un attimo, poi chiedo: "Allora, perché ti sei avvicinato a me ora? Perché non hai aspettato finché la risorsa non fosse stata posizionata?"

"Perché se non accetterai, dovrò prendere accordi alternativi —e ci vuole tempo per trovare una squadra esperta ed esaminarla. E in questo caso in particolare, con la reputazione di Esguerra... Beh, sono sicuro che tu sappia come funziona."

"Già." Nonostante l'incentivo di cento milioni di euro, poche persone sarebbero disposte a incrociare il cammino di un uomo così pericoloso come Julian Esguerra. Quasi tutti hanno qualcosa da perdere, ed Esguerra non ha pietà quando si tratta dei suoi nemici. Lo so, perché l'ho aiutato a eliminare quelli che lo hanno sfidato, spazzando via intere comunità. Il trafficante d'armi colombiano non fa distinzioni tra innocenti e colpevoli; chiunque sia collegato ai suoi nemici paga.

"Allora." Novak si sporge in avanti, con gli occhi chiari che scrutano il mio viso. "Posso contare su di te e sulla tua squadra, quando arriverà il momento?"

Rifletto un momento, e annuisco. "Sì, puoi farlo." Il mio tono è fermo, anche se dentro sto ancora vacillando. La mia separazione da Sara sarebbe dovuta durare un paio di settimane —un paio di mesi, al massimo. Non quasi un anno. È possibile, naturalmente, che ciò di cui ho bisogno arrivi prima di otto mesi, ma al momento sembra improbabile.

Novak non rivelerà l'identità della sua risorsa prima del necessario.

"Bene." Il sorrisetto sulle sue labbra sottili trasuda soddisfazione. "Speravo di trovare l'uomo giusto, e a quanto pare l'ho trovato. Solo un'altra cosa…"

Sollevo un sopracciglio. "Sì?"

"Spero tu capisca che le informazioni che ho condiviso con te oggi sono altamente sensibili, e solo per le tue orecchie. Ciò significa che non dovrai condividerle con nessuno della tua squadra."

Me lo aspettavo dopo il suo preambolo, così annuisco. "D'accordo. E da parte nostra chiediamo un anticipo. Di solito chiediamo la metà subito, ma visti i tempi lunghi, possiamo accettare venticinque milioni ora, e altri venticinque prima dell'inizio del lavoro."

Novak non batte ciglio. "Avrete i soldi sul vostro conto domani."

Ci stringiamo la mano e, mentre lo facciamo, cerco di

ignorare il doloroso vuoto che si espande nel mio petto al pensiero dei mesi che verranno. Ora che ho intrapreso questa strada, non posso più tirarmi indietro.

Devo farlo. Questa è l'unica strada da seguire.

Se voglio Sara nel lungo termine, devo darle la vita che merita.